U0139690

Yilin Classics

RABINDRANATH TAGORE

经/典/译/林

Stray Birds The Crescent Moon

飞鸟集 新月集

泰戈尔诗选

[印度] 罗宾德罗那特·泰戈尔 著

郑振铎 王立 译

译林出版社

图书在版编目（CIP）数据

飞鸟集 新月集：泰戈尔诗选 /（印）罗宾德罗那特·泰戈尔著；郑振铎，王立译.— 南京：译林出版社，2021.5
（经典译林）
ISBN 978-7-5447-8609-6

I. ①飞… II. ①罗… ②郑… ③王… III. ①诗集 – 印度 – 现代 IV. ① I351.25

中国版本图书馆 CIP 数据核字（2021）第 046339 号

飞鸟集 新月集：泰戈尔诗选 ［印度］罗宾德罗那特·泰戈尔 / 著 郑振铎 王 立 / 译

责任编辑 韩继坤
装帧设计 陈天岷
校　　对 孙玉兰
责任印制 颜 亮

出版发行 译林出版社
地　　址 南京市湖南路 1 号 A 楼
邮　　箱 yilin@yilin.com
网　　址 www.yilin.com
市场热线 025-86633278
排　　版 南京展望文化发展有限公司
印　　刷 南京爱德印刷有限公司
开　　本 880 毫米 × 1240 毫米 1/32
印　　张 7.625
插　　页 4
版　　次 2021年5月第1版
印　　次 2021年5月第1次印刷
书　　号 ISBN 978-7-5447-8609-6
定　　价 39.00元

泰戈尔的艺术观[①]

我们问了许多人,什么是艺术?在最古的书上,他们的议论已经是纷纭莫定了,到了现在,仍然是如此。百人中总有九十九个人的回答是不相同的。关于艺术的功能,尤为争论最烈。有的主张艺术需要切合于人生的要求,有的以为艺术只是应艺术的冲动而发生,不受什么功利主义的支配。

泰戈尔却是超乎这一切争论以外,转而"搜求艺术存在之理由,想找出艺术到底是因某种社会的目的而发生,或是应我们的艺术之快乐的需要,或是因什么表现的冲动而发生的"[②]。

泰戈尔以为我们对于这个伟大的世界的关系是非常繁复的。饥而食,渴而饮,我们则因一切物质上的需要,而与大地相接触。知一切事实,则求而纳之于简单的法则以内,见了某种已然的事变,必欲发现其所以然的缘故。我们又因一切智慧上的要求而与大地生关系,但除此以外,我们还有一种精神上的要求,一种人格的人(personal man)的要求。人格的人与物质的人恰立在相反的地位;他也有他的喜欢与不喜欢,他也想寻找些东西以满足他的爱的要求。这个人格的人唯有在我们脱出一切需要——身体的与知识的——的时候,才找得出来。

科学的世界不是一个真实的世界,而是一个力的抽象世界。我们能够借着智慧的帮助来利用它,却不能借着我们人格的帮助去实现它。艺术的世界则不然,我们能够看见它,感觉得到它,我们能以我们所有的情绪来对

① 本文原载《小说月报》第13卷第2号,1922年2月10日。

② 见《人格》。

付它。这个艺术的世界就是人格的世界。

这个艺术的世界——人格的世界——于我们有什么必要的关系呢？艺术的发生的原因何在呢？艺术何以有存在的理由呢？

泰戈尔对于这些问题回答得很详细。他认为人类与禽兽所以不同的地方，就在于禽兽是束缚于需要的范围以内的，它们的活动不是为了自己保存的需要，就是为了种族保存的需要。换一句话，就是它们的一切能力都消磨于生存竞争的战场中。但是人类则不然，他在生命的世界中。好像一个大商人，他所得的钱比他所消费的钱多。所以在人类生活中，有许多过剩的财富，给他自由挥霍。禽兽也有知识，也能用它们的知识来保存养护它们自己的生命。但是它们止于此了。它们知道它们所处之环境，以求住求食，并且知道四时寒暖。人类对于这些事情，也必须知道，因为人类也是必须生活的。但是人类的知识，除了用在这种地方以外，还有许多余剩。这些余剩的知识，他可以自由享用，可以为知识而求知识，因此他的科学与哲学得以形成。

同样的，艺术发生的根源也是如此。人类与各动物，都要把他们快乐或是不快乐、恐怖、愤怒，或是爱情的感觉表现出来。在动物的世界里，这种情绪的表现到了“应用”的范围，即停止不进。但是人类则不然。虽然他的情绪的表现仍旧有“应用”的原意在内，而他的情绪的枝叶却长成发达，四布在蔚蓝色的天空中。换一句话说，就是：人类的情绪的力量，除了应用在自己的保存的目的以外，尚有许多余剩着。这个余剩的情绪，遂发泄而成为艺术的创作品。

当我们心里起了一种感觉，除了对付引起我们感觉的对象外，尚有余绪不能全为对象所吸收，因遂回到他们心上，用他的回波，使我们感觉到我们自己。我们穷的时候，所有我们的注意力全注意在身外的衣食住。如果我们是一个富人……这就是在一切生物中，只有人能自省，能知道他自己的原因了。换言之，就是他所以比别的生物更密切地感觉得他自己的人格的原因，就因为他的感情的力量除给他对象所消耗的而外，尚多出许多。所以在艺术中，人类所表现的是他自己，并不是他的对象——他的对象完全表现在科学中。

总之，人类是一个有余剩知识的动物，他的余剩的知识所表现的是他所见的对象，所搜集的报告的本身，并不是他自己。但是同时，他又是一个有余剩感情的动物，他的余剩的感情所表现的地方是他自己，而不是与自己无干的外物。凡在艺术中表现出的对象，那是经过人的感情的洗礼，已与他的人格融成一片的了。

本来这个世界同我们是不相干的——除了求衣食、求知识以外——有了我们的感情，无论是爱、是憎、是喜、是悲或是惧怕与惊奇，继续地对它起了感觉，这个世界才成了我们人格的一部分：我们生长，它同我们一起生成；我们变迁，它同我们一起变迁。我们的情绪正像溶液一样，把这个外象的世界，溶化成一个亲切的有知觉的世界。

所以赤裸裸的事实的报告不是文学，因为事实是独立于我们情绪以外的。我们说，日是圆的，水是流的，火是热的，谁会引起了什么感觉？但是朝阳初升的美景的描写，却是有永久的趣味与美感在我们的心里。这就是因为所描写的不是朝阳的本身，乃是我们自己心中眼中所感觉到的朝阳的景色。换一句话，就是我们自己的人格的表现。

艺术的主要目的是人格的表现，我们都已坚确地相信。但是还有许多人却以为艺术的目的是“美的产生”（the production of beauty）的。在泰戈尔看来，艺术的美不过是工具而不是艺术的完全的最著的特征。它不过用来为更有力地表现我们的人格的工具而已。

艺术的描写，不必详细而当得其精神。不是一个艺术家而去描写一棵树，他必定要详详细细地把这棵树的一切特征都写出来，但这却不是艺术的描写。真艺术家的描写是忽视不重要的详细的部分，而注重于主要的特性的。他把所描写的对象的全部的个性精神，从宇宙之心中表现出来，经过作者的人格化，而使之和谐，使之有情感。

在文学作品中，也有含哲学的抽象思想的——印度文学中此例最多——有报告历史上的事实的，但是无论如何，这种文学的丝布中，总是织上了作者的如火的情绪与活泼的人格的丝线在内的。凡是艺术，如有不经过作者的人格化——感情化——的，就不能称为艺术。因艺术就是发生于人类剩余的感情的，并且就是人类的人格的表现。

以上是把泰戈尔对于“艺术者何”这个问题的答案，略略地叙述了一下，但是泰戈尔却始终不肯把“艺术”二字，下一个定义。他以为定义这个东西，只不过是使人限制他自己所见的范围，并且使他自己看不清楚所见的东西而已。

以下再略说他对于艺术的功用的意见。

他以为在我们生命里，我们有“有限”的方面，我们每走一步，都要消耗我们自己，譬如我们喜欢吃饭，吃完了饭，我们这个欲望立刻就消失了。又有“无限”的方面，就是我们的灵感，我们的快乐，我们的牺牲，这是无限的。人类的这个无限的方面，必须表现他自己在某种含不朽的元素的象征里面。他用了超乎世俗的材料，建筑了一所乐园给他自己住。“因为人类是光明的儿子，无论什么时候，他们如完完全全实现他们自己，他们必感觉到他们的不朽。当他们感觉到这一层，他们立刻伸展他们不朽的范围到人间生活的任何部分。建筑他的这个真实世界——真与美的生存世界——就是艺术的功用。”唯有在艺术方面，人类才显出不朽。所以“艺术就是称我们为‘不朽世界之子’的，就是宣告我们有居住在天国的权利的”。

所以在表面上看来，艺术似乎是无用的，其实它却是人类高尚的精神与情绪方面、不朽方面的主宰。“如果你把所有的诗人和所有他们的诗，摈出世界以外，只要一会儿，你就立刻可以发现——因他们的不在——活动的人的能力究竟是从什么地方来的，实在供给生命计给他们的收获的究竟是谁了。”

泰戈尔说：“做事的人常把他们的事务弄得出了音韵和谐的地步，这就是我们诗人所急要把他们弄和谐的了。”

现在世界做事的人，哪一个不“把他们的事务弄得出了音韵和谐的地步”？这正是艺术家所急要出来“把他们弄和谐的了”。

郑振铎

CONTENTS · 目录

飞鸟集

新月集

吉檀迦利

园丁集

飞　鸟　集

1922年版例言

译诗是一件最不容易的工作。原诗音节的保留固然是绝不可能的事！就是原诗意义的完全移植，也有十分的困难。散文诗算是最容易译的，但有时也须费十分的力气。如惠特曼（Walt Whitman）的《草叶集》便是一个例子。这有两个原因：第一，有许多诗中特用的美丽文句，差不多是不能移动的。在一种文字里，这种字眼是"诗的"，是"美的"，如果把它移植在第二种文字中，不是找不到相当的好字，便是把原意丑化了，变成非"诗的"了。在泰戈尔的《人格论》中，曾讨论到这一层。他以为诗总是要选择那"有生气的"字眼——就是那些不仅仅为报告用而能融化于我们心中，不因市井常用而损坏它的形式的字眼。譬如在英文里，"意识"（consciousness）这个字，带有多少科学的意义，所以诗中不常用它。印度文的同义字 chetana 则是一个"有生气"而常用于诗歌里的字。又如英文的"感情"（feeling）这个字是充满了生命的，但彭加利文[①]里的同义字 anubhuti 则诗中绝无用之者。在这些地方，译诗的人实在感到万分的困难。第二，诗歌的文句总是含蓄的，暗示的。它的句法的构造，多简短而含义丰富。有的时候，简直不能译。如直译，则不能达意。如稍加诠释，则又把原文的风韵与含蓄完全消灭，而使之

① 即孟加拉文。——编注

不成一首诗了。

因此,我主张诗集的介绍,只应当在可能的范围选择,而不能——也不必——完全整册地搬运过来。

大概诗歌的选译,有两个方便的地方:第一,选择可以适应译者的兴趣。在一个诗集中的许多诗,译者未必都十分喜欢它。如果不十分喜欢它,不十分感觉得它的美好,则他的译文必不能十分得神,至少也把这快乐的工作变成一种无意义的苦役。选译则可以减灭译者的这层痛苦。第二,便是减少上述的两层翻译上的困难。因为如此便可以把不能译的诗,不必译出来。译出来而丑化了或是为读者所看不懂,则反不如不译的好。

但我并不是在这里宣传选译主义。诗集的全选,是我所极端希望而且欢迎的。不过这种工作应当让给那些有全译能力的译者去做。我为自己的兴趣与能力所限制,实在不敢担任这种重大的工作。且为大多数的译者计,我也主张选译是较好的一种译诗方法。

现在我译泰戈尔的诗,便实行了这种选译的主张①,以前我也有全译泰戈尔各诗集的野心。有好些友人也极力劝我把它们全译出来。我试了几次。但我的野心与被大家鼓起的勇气,终于给我的能力与兴趣打败了。

现在所译的泰戈尔各集的诗,都是

1. 我所最喜欢读的,而且

2. 是我的能力所比较能够译得出的。

有许多诗,我自信是能够译得出的,但因为自己翻译它们的兴趣不大强烈,便不高兴去译它们。还有许多诗我是很喜欢读它们,而且是极愿意把它们译出来的,但因为自己能力的不允许,便也只好舍弃了它们。

---

① 郑振铎译《飞鸟集》1922 年初版时非全译本,1956 年再版,郑振铎将《飞鸟集》补译完整。本书所收《飞鸟集》为全译本。——编注

即在这些译出的诗中，有许多也是自己觉得译得不好，心中很不满意的。但实在不忍再割舍它们了。只好请读者赏读它的原意，不必注意于粗陋的译文。

泰戈尔的诗集用英文出版的共有六部：

(一)《园丁集》　(*Gardener*)

(二)《吉檀迦利》　(*Gitanjali*)

(三)《新月集》　(*Crescent Moon*)

(四)《采果集》　(*Fruit-Gathering*)

(五)《飞鸟集》　(*Stray Birds*)

(六)《爱者之贻与歧路》　(*Lover's Gift and Crossing*)

但据 B. K. Roy 的《泰戈尔与其诗》(*R. Tagore: The Man and His Poetry*)一书上所载，他用彭加利文写的重要诗集，却有下面的许多种：

Sandhya Sangit,　*Kshanika*,

Probhat Sangit,　*Kanika*,

Bhanusingher Padabali,　*Kahini*,

Chabi O Gan,　*Sishn*,

Kari O Komal,　*Naivedya*,

Prakritir Pratisodh,　*Utsharga*,

Sonartari,　*Kheya*,

Chaitali,　*Gitanjali*,

Kalpana,　*Gitimalya*,

Katha.

我的这几本诗选，是根据那六部用英文写的诗集译下来的。因为我不懂梵文。

在这几部诗集中，间有重出的诗篇，如《海边》一诗，已见于《新月集》中，而又列入《吉檀迦利》,排为第60首。《飞鸟集》的第98首,也与同集中的第263首相同。像这一类的诗篇,都照先见之例,把它列入最初见的地方。

我的译文自信是很忠实的。误解的地方,却也保不定完全没有。如读者偶有发现,肯公开地指教我,那是我所异常欢迎的。

郑振铎

1

夏天的飞鸟，飞到我窗前唱歌，又飞去了。

秋天的黄叶，它们没有什么可唱，只叹息一声，飞落在那里。

2

世界上的一队小小的漂泊者呀，请留下你们的足印在我的文字里。

3

世界对着它的爱人，把它浩瀚的面具揭下了。

它变小了，小如一首歌，小如一回永恒的接吻。

4

是大地的泪点，使她的微笑保持着青春不谢。

5

无垠的沙漠热烈追求一叶绿草的爱，她摇摇头笑着飞开了。

6

如果你因失去了太阳而流泪,那么你也将失去群星了。

7

跳舞着的流水呀,在你途中的泥沙,要求你的歌声,你的流动呢。你肯挟跛足的泥沙而俱下么?

8

她的热切的脸,如夜雨似的,搅扰着我的梦魂。

9

有一次,我们梦见大家都是不相识的。

我们醒了,却知道我们原是相亲相爱的。

10

忧思在我的心里平静下去,正如暮色降临在寂静的山林中。

11

有些看不见的手指，如懒懒的微飔似的，正在我的心上奏着潺湲的乐声。

12

“海水呀，你说的是什么？”

“是永恒的疑问。”

“天空呀，你回答的话是什么？”

“是永恒的沉默。”

13

静静地听，我的心呀，听那世界的低语，这是它对你求爱的表示呀。

14

创造的神秘，有如夜间的黑暗——是伟大的。而知识的幻影却不过如晨间之雾。

15

不要因为峭壁是高的，便让你的爱情坐在峭壁上。

16

我今晨坐在窗前,世界如一个过路人似的,停留了一会,向我点点头又走过去了。

17

这些微思,是绿叶的簌簌之声呀;它们在我的心里欢悦地微语着。

18

你看不见你自己,你所看见的只是你的影子。

19

神呀,我的那些愿望真是愚傻呀,它们杂在你的歌声中喧叫着呢。

让我只是静听着吧。

20

我不能选择那最好的。

是那最好的选择我。

21

那些把灯背在背上的人,把他们的影子投到了自己前面。

22

我的存在,对我是一个永久的神奇,这就是生活。

23

"我们萧萧的树叶都有声响回答那风和雨。你是谁呢,那样的沉默着?"
"我不过是一朵花。"

24

休息与工作的关系,正如眼睑与眼睛的关系。

25

人是一个初生的孩子,他的力量,就是生长的力量。

26

神希望我们酬答他,在于他送给我们的花朵,而不在于太阳和土地。

27

光明如一个裸体的孩子，快快活活地在绿叶当中游戏，它不知道人是会欺诈的。

28

啊，美呀，在爱中找你自己吧，不要到你镜子的谄谀中去找寻。

29

我的心把她的波浪在世界的海岸上冲击着，以热泪在上边写着她的题记：“我爱你。”

30

“月儿呀，你在等候什么呢？”

“向我将让位给他的太阳致敬。”

31

绿树长到了我的窗前，仿佛是喑哑的大地发出的渴望的声音。

32

神自己的清晨,在他自己看来也是新奇的。

33

生命从世界得到资产,爱情使它得到价值。

34

枯竭的河床,并不感谢它的过去。

35

鸟儿愿为一朵云。
云儿愿为一只鸟。

36

瀑布歌唱道:“我得到自由时便有歌声了。”

37

我说不出这心为什么那样默默地颓丧着。

是为了它那不曾要求、不曾知道、不曾记得的小小的需要。

38

妇人,你在料理家事的时候,你的手足歌唱着,正如山间的溪水歌唱着在小石中流过。

39

当太阳横过西方的海面时,对着东方留下他最后的敬礼。

40

不要因为你自己没有胃口而去责备你的食物。

41

群树如表示大地的愿望似的,踮起脚来向天空窥望。

42

你微微地笑着,不同我说什么话。而我觉得,为了这个,我已等待得久了。

43

水里的游鱼是沉默的,陆地上的兽类是喧闹的,空中的飞鸟是歌唱着的。

但是,人类却兼有海里的沉默、地上的喧闹与空中的音乐。

44

世界在踌躇之心的琴弦上跑过去,奏出忧郁的乐声。

45

他把他的刀剑当作他的上帝。

当他的刀剑胜利时他自己却失败了。

46

神从创造中找到他自己。

47

阴影戴上她的面幕,秘密地,温顺地,用她的沉默的爱的脚步,跟在“光”后边。

48

群星不怕显得像萤火那样。

49

谢谢神,我不是一个权力的轮子,而是被压在这轮下的活人之一。

50

心是尖锐的,不是宽博的,它执着在每一点上,却并不活动。

51

你的偶像委散在尘土中了,这可证明神的尘土比你的偶像还伟大。

52

人不能在他的历史上表现出他自己,他在历史中奋斗着露出头角。

53

玻璃灯因为瓦灯叫它作表兄而责备瓦灯。但当明月出来时,玻璃灯却温和地微笑着,叫明月为——“我亲爱的,亲爱的姐姐。”

54

我们如海鸥之与波涛相遇似的，遇见了，走近了。海鸥飞去，波涛滚滚地流开，我们也分别了。

55

我的白昼已经完了，我像一只泊在海滩上的小船，谛听着晚潮跳舞的乐声。

56

我们的生命是天赋的，我们唯有献出生命，才能得到生命。

57

当我们是大为谦卑的时候，便是我们最近于伟大的时候。

58

麻雀看见孔雀负担着它的翎尾，替它担忧。

59

决不要害怕刹那——永恒之声这样唱着。

60

飓风于无路之中寻求最短之路，又突然地在“无何有之国”终止了它的寻求。

61

在我自己的杯中，饮了我的酒吧，朋友。

一倒在别人的杯里，这酒的腾跳的泡沫便要消失了。

62

“完全”为了对“不全”的爱，把自己装饰得美丽。

63

神对人说道：“我医治你所以伤害你，爱你所以惩罚你。”

64

谢谢火焰给你光明，但是不要忘了那执灯的人，他是坚忍地站在黑暗当中呢。

65

小草呀，你的足步虽小，但是你拥有你足下的土地。

66

幼花的蓓蕾开放了，它叫道："亲爱的世界呀，请不要萎谢了。"

67

神对于那些大帝国会感到厌恶，却决不会厌恶那些小小的花朵。

68

错误经不起失败，但是真理却不怕失败。

69

瀑布歌唱道："虽然渴者只要少许的水便够了，我却很快活地给与了我全部的水。”

70

把那些花朵抛掷上去的那一阵子无休无止的狂欢大喜的劲儿,其源泉是在哪里呢?

71

樵夫的斧头,问树要斧柄。

树便给了他。

72

这寡独的黄昏,幕着雾与雨,我在我心的孤寂里,感觉到它的叹息。

73

贞操是从丰富的爱情中生出来的财富。

74

雾,像爱情一样,在山峰的心上游戏,生出种种美丽的变幻。

75

我们把世界看错了，反说它欺骗我们。

76

诗人——飙风，正出经海洋和森林，追求它自己的歌声。

77

每一个孩子出生时都带来信息说：神对人并未灰心失望。

78

绿草求她地上的伴侣。
树木求他天空的寂寞。

79

人对他自己建筑起堤防来。

80

我的朋友，你的语声飘荡在我的心里，像那海水的低吟声缭绕在静听着的松林之间。

81

这个不可见的黑暗之火焰,以繁星为其火花的,到底是什么呢?

82

使生如夏花之绚烂,死如秋叶之静美。

83

那想做好人的,在门外敲着门;那爱人的,看见门敞开着。

84

在死的时候,众多合而为一;在生的时候,一化为众多。
神死了的时候,宗教便将合而为一。

85

艺术家是自然的情人,所以他是自然的奴隶,也是自然的主人。

86

“你离我有多远呢，果实呀？”

“我藏在你心里呢，花呀。”

87

这个渴望是为了那个在黑夜里感觉得到、在大白天里却看不见的人。

88

露珠对湖水说道：“你是在荷叶下面的大露珠，我是在荷叶上面的较小的露珠。”

89

刀鞘保护刀的锋利，它自己则满足于它的迟钝。

90

在黑暗中，“一”视若一体；在光亮中，“一”便视若众多。

91

大地借助于绿草,显出她自己的殷勤好客。

92

绿叶的生与死乃是旋风的急骤的旋转,它的更广大的旋转的圈子乃是在天上繁星之间徐缓的转动。

93

权势对世界说道:“你是我的。”

世界便把权势囚禁在她的宝座下面。

爱情对世界说道:“我是你的。”

世界便给与爱情以在她屋内来往的自由。

94

浓雾仿佛是大地的愿望。

它藏起了太阳,而太阳原是她所呼求的。

95

安静些吧,我的心,这些大树都是祈祷者呀。

96

瞬刻的喧声，讥笑着永恒的音乐。

97

我想起了浮泛在生与爱与死的川流上的许多别的时代，以及这些时代之被遗忘，我便感觉到离开尘世的自由了。

98

我灵魂里的忧郁就是她的新婚的面纱。

这面纱等候着在夜间卸去。

99

死之印记给生的钱币以价值，使它能够用生命来购买那真正的宝物。

100

白云谦逊地站在天之一隅。

晨光给它戴上了霞彩。

101

尘土受到损辱,却以她的花朵来报答。

102

只管走过去,不必逗留着采了花朵来保存,因为一路上花朵自会继续开放的。

103

根是地下的枝。
枝是空中的根。

104

远远去了的夏之音乐,翱翔于秋间,寻求它的旧垒。

105

不要从你自己的袋里掏出勋绩借给你的朋友,这是污辱他的。

106

无名的日子的感触,攀缘在我的心上,正像那绿色的苔藓,攀缘在老树的周身。

107

回声嘲笑着她的原声,以证明她是原声。

108

当富贵利达的人夸说他得到神的特别恩惠时,上帝却羞了。

109

我投射我自己的影子在我的路上,因为我有一盏还没有燃点起来的明灯。

110

人走进喧哗的群众里去,为的是要淹没他自己的沉默的呼号。

111

终止于衰竭的是“死亡”,但“圆满”却终止于无穷。

112

太阳只穿一件朴素的光衣,白云却披了灿烂的裙裾。

113

山峰如群儿之喧嚷,举起他们的双臂,想去捉天上的星星。

114

道路虽然拥挤,却是寂寞的,因为它是不被爱的。

115

权势以它的恶行自夸,落下的黄叶与浮游的云片却在笑它。

116

今天大地在太阳光里向我营营哼鸣,像一个织着布的妇人,用一种已经被忘却的语言,哼着一些古代的歌曲。

117

绿草是无愧于它所生长的伟大世界的。

118

梦是一个一定要谈话的妻子，
睡眠是一个默默地忍受的丈夫。

119

夜与逝去的日子接吻，轻轻地在他耳旁说道："我是死，是你的母亲。我就要给你以新的生命。"

120

黑夜呀，我感觉到你的美了。你的美如一个可爱的妇人，当她把灯灭了的时候。

121

我把在那些已逝去的世界上的繁荣带到我的世界上来。

122

亲爱的朋友呀,当我静听着海涛时,我好几次在暮色深沉的黄昏里,在这个海岸上,感到你的伟大思想的沉默了。

123

鸟以为把鱼举在空中是一种慈善的举动。

124

夜对太阳说道:“在月亮中,你送了你的情书给我。

“我已在绿草上留下我的流着泪点的回答了。”

125

伟大是一个天生的孩子,当他死时,他把他的伟大的孩提时代给了世界。

126

不是槌的打击,乃是水的载歌载舞,使鹅卵石臻于完美。

127

蜜蜂从花中啜蜜,离开时营营地道谢。

浮华的蝴蝶却相信花是应该向它道谢的。

128

如果你不等待着要说出完全的真理,那么把真话说出来是很容易的。

129

“可能”问“不可能”道:

“你住在什么地方呢?”

它回答道:“在那无能为力者的梦境里。”

130

如果你把所有的错误都关在门外,真理也要被关在外面了。

131

我听见有些东西在我心的忧闷后面萧萧作响——我不能看见它们。

132

闲暇在动作时便是工作。

静止的海水荡动时便成波涛。

133

绿叶恋爱时便成了花。

花崇拜时便成了果实。

134

埋在地下的树根使树枝产生果实,却不要求什么报酬。

135

阴雨的黄昏,风无休止地吹着。

我看着摇曳的树枝,想念着万物的伟大。

136

子夜的风雨,如一个巨大的孩子,在不合时宜的黑夜里醒来,开始游戏和喧闹。

137

海呀,你这暴风雨的孤寂的新妇呀,你虽掀起波浪追随你的情人,但是无用呀。

138

文字对工作说道:“我惭愧我的空虚。”

工作对文字说道:“当我看见你时,我便知道我是怎样地贫乏了。”

139

时间是变化的财富。时钟模仿它,却只有变化而无财富。

140

真理穿了衣裳,觉得事实太拘束了。

在想象中,她却转动得很舒畅。

141

当我到这里那里旅行着时,路呀,我厌倦你了;但是现在,当你引导我到各处去时,我便爱上你,与你结婚了。

142

让我设想,在群星之中,有一颗星是指导着我的生命通过不可知的黑暗的。

143

妇人,你用了你美丽的手指,触着我的什物,秩序便如音乐似的生出来了。

144

一个忧郁的声音,筑巢于逝水似的年华中。

它在夜里向我唱道:“我爱你。”

145

燃着的火,以它熊熊的光焰警告我不要走近它。

把我从潜藏在灰中的余烬里救出来吧。

146

我有群星在天上,

但是,唉,我屋里的小灯却没有点亮。

147

死文字的尘土沾着你。

用沉默去洗净你的灵魂吧。

148

生命里留了许多罅隙,从中送来了死之忧郁的音乐。

149

世界已在早晨敞开了它的光明之心。

出来吧,我的心,带着你的爱去与它相会。

150

我的思想随着这些闪耀的绿叶而闪耀;我的心灵因了这日光的抚触而歌唱;我的生命因为偕了万物一同浮泛在空间的蔚蓝、时间的墨黑中而感到欢快。

151

神的巨大的威权是在柔和的微飔里,而不在狂风暴雨之中。

152

在梦中,一切事都散漫着,都压着我,但这不过是一个梦呀。当我醒来时,我便将觉得这些事都已聚集在你那里,我也便将自由了。

153

落日问道:“有谁继续我的职务呢?”

瓦灯说道:“我要尽我所能地做去,我的主人。”

154

采着花瓣时,得不到花的美丽。

155

沉默蕴蓄着语声,正如鸟巢拥围着睡鸟。

156

大的不怕与小的同游。

居中的却远而避之。

157

夜秘密地把花开放了,却让那白日去领受谢词。

158

权势认为牺牲者的痛苦是忘恩负义。

159

当我们以我们的充实为乐时,那么,我们便能很快乐地跟我们的果实分手了。

160

雨点吻着大地,微语道:“我们是你的思家的孩子,母亲,现在从天上回到你这里来了。”

161

蛛网好像要捉露点,却捉住了苍蝇。

162

爱情呀,当你手里拿着点亮了的痛苦之灯走来时,我能够看见你的脸,而且以你为幸福。

163

萤火对天上的星说道:“学者说你的光明总有一天会消灭的。”

天上的星不回答它。

164

在黄昏的微光里,有那清晨的鸟儿来到了我的沉默的鸟巢里。

165

思想掠过我的心上,如一群野鸭飞过天空。

我听见它们鼓翼之声了。

166

沟洫总喜欢想:河流的存在,是专为它供给水流的。

167

世界以它的痛苦同我接吻，而要求歌声做报酬。

168

压迫着我的，到底是我的想要外出的灵魂呢，还是那世界的灵魂，敲着我心的门，想要进来呢？

169

思想以它自己的言语喂养它自己而成长起来。

170

我把我的心之碗轻轻浸入这沉默之时刻中，它盛满了爱了。

171

或者你在工作，或者你没有。

当你不得不说“让我们做些事吧”时，那么就要开始胡闹了。

172

向日葵羞于把无名的花朵看作它的同胞。

太阳升上来了,向它微笑,说道:“你好么,我的宝贝儿?”

173

“谁如命运似的推着我向前走呢?”

“那是我自己,在身背后大跨步走着。”

174

云把水倒在河的水杯里,它们自己却藏在远山之中。

175

我一路走去,从我的水瓶中漏出水来。

只剩下极少极少的水供我回家使用了。

176

杯中的水是光辉的;海中的水却是黑色的。

小理可以用文字来说清楚;大理却只有沉默。

177

你的微笑是你自己田园里的花，你的谈吐是你自己山上的松林的萧萧；但是你的心呀，却是那个女人，那个我们全都认识的女人。

178

我把小小的礼物留给我所爱的人——大的礼物却留给一切的人。

179

妇人呀，你用泪海包绕着世界的心，正如大海包绕着大地。

180

太阳以微笑向我问候。

雨，他的忧闷的姊姊，向我的心谈话。

181

我的昼间之花，落下它那被遗忘的花瓣。

在黄昏中，这花成熟为一颗记忆的金果。

182

我像那夜间之路,正静悄悄地谛听着记忆的足音。

183

黄昏的天空,在我看来,像一扇窗户,一盏灯火,灯火背后的一次等待。

184

太急于做好事的人,反而找不到时间去做好人。

185

我是秋云,空空地不载着雨水,但在成熟的稻田中,可以看见我的充实。

186

他们嫉妒,他们残杀,人反而称赞他们。

然而上帝却害了羞,匆匆地把他的记忆埋藏在绿草下面。

187

脚趾乃是舍弃了其过去的手指。

188

黑暗向光明旅行,但是盲者却向死亡旅行。

189

小狗疑心大宇宙阴谋篡夺它的位置。

190

静静地坐着吧,我的心,不要扬起你的尘土。

让世界自己寻路向你走来。

191

弓在箭要射出之前,低声对箭说道:“你的自由就是我的自由。”

192

妇人,在你的笑声里有着生命之泉的音乐。

193

全是理智的心,恰如一柄全是锋刃的刀。

它叫使用它的人手上流血。

194

神爱人间的灯光甚于他自己的大星。

195

这世界乃是为美之音乐所驯服了的狂风骤雨的世界。

196

晚霞向太阳说道:“我的心经了你的接吻,便似金的宝箱了。”

197

接触着,你许会杀害;远离着,你许会占有。

198

蟋蟀的唧唧,夜雨的淅沥,从黑暗中传到我的耳边,好似我已逝的少年时代沙沙地来到我梦境中。

199

花朵向星辰落尽了的曙天叫道:“我的露点全失落了。”

200

燃烧着的木块,熊熊地生出火光,叫道:“这是我的花朵,我的死亡。”

201

黄蜂认为邻蜂储蜜之巢太小。

他的邻人要他去建筑一个更小的。

202

河岸向河流说道:“我不能留住你的波浪。

“让我保存你的足印在我心里吧。”

203

白日以这小小地球的喧扰,淹没了整个宇宙的沉默。

204

歌声在空中感到无限，图画在地上感到无限，诗呢，无论在空中、在地上都是如此。

因为诗的词句含有能走动的意义与能飞翔的音乐。

205

太阳在西方落下时，他的早晨的东方已静悄悄地站在他面前。

206

让我不要错误地把自己放在我的世界里而使它反对我。

207

荣誉使我感到惭愧，因为我暗地里求着它。

208

当我没有什么事做时，便让我不做什么事、不受骚扰地沉入安静深处吧，一如那海水沉默时海边的暮色。

209

少女呀,你的纯朴,如湖水之碧,表现出你的真理之深邃。

210

最好的东西不是独来的,
它伴了所有的东西同来。

211

神的右手是慈爱的,但是他的左手却可怕。

212

我的晚色从陌生的树木中走来,它用我的晓星所不懂得的语言说话。

213

夜之黑暗是一只口袋,迸出黎明的金光。

214

我们的欲望把彩虹的颜色借给那只不过是云雾的人生。

215

神等待着,要从人的手上把他自己的花朵作为礼物赢得回去。

216

我的忧思缠扰着我,要问我它们自己的名字。

217

果实的事业是尊贵的,花的事业是甜美的;但是让我做叶的事业吧,叶是谦逊地、专心地垂着绿荫的。

218

我的心向着阑珊的风张了帆,要到无论何处的阴凉之岛去。

219

独夫们是凶暴的,但人民是善良的。

220

把我当作你的杯吧,让我为了你,而且为了你的人而盛满水吧。

221

狂风暴雨像是在痛苦中的某个天神的哭声，因为他的爱情被大地所拒绝。

222

世界不会流失，因为死亡并不是一个罅隙。

223

生命因为付出了的爱情而更为富足。

224

我的朋友，你伟大的心闪射出东方朝阳的光芒，正如黎明中一个积雪的孤峰。

225

死之流泉，使生的止水跳跃。

226

那些有一切东西而没有您的人，我的上帝，在讥笑着那些没有别的东西而只有您的人呢。

227

生命的运动在它自己的音乐里得到它的休息。

228

踢足只能从地上扬起灰尘而不能得到收获。

229

我们的名字,便是夜里海波上发出的光,痕迹也不留就泯灭了。

230

让睁眼看着玫瑰花的人也看看它的刺。

231

鸟翼上系上了黄金,这鸟便永不能再在天上翱翔了。

232

我们地方的荷花又在这陌生的水上开了花,放出同样的清香,只是名字换了。

233

在心的远景里,那相隔的距离显得更广阔了。

234

月儿把她的光明遍照在天上,却留着她的黑斑给她自己。

235

不要说"这是早晨",别用一个"昨天"的名词把它打发掉。你第一次看到它,把它当作还没有名字的新生孩子吧。

236

青烟对天空夸口,灰烬对大地夸口,都以为它们是火的兄弟。

237

雨点向茉莉花微语道:"把我永久地——留在你的心里吧。"

茉莉花叹息了一声,落在地上了。

238

懊怯的思想呀，不要怕我。

我是一个诗人。

239

我的心在朦胧的沉默里，似乎充满了蟋蟀的鸣声——声音的灰暗的暮色。

240

爆竹呀，你对于群星的侮蔑，又跟着你自己回到地上来了。

241

你曾经带领着我，穿过我的白天的拥挤不堪的旅程，而到达了我的黄昏的孤寂之境。

在通宵的寂静里，我等待着它的意义。

242

我们的生命就似渡过一个大海，我们都相聚在这个狭小的舟中。

死时，我们便到了岸，各往各的世界去了。

243

真理之川从它的错误之沟渠中流过。

244

今天我的心是在想家了,在想着那跨过时间之海的那一个甜蜜的时候。

245

鸟的歌声是曙光从大地反响过去的回声。

246

晨光问毛茛道:“你是骄傲得不肯和我接吻么?”

247

小花问道:“我要怎样地对你唱,怎样地崇拜你呢? 太阳呀?”
太阳答道:“只要用你的纯洁的素朴的沉默。”

248

当人是兽时,他比兽还坏。

249

黑云受光的接吻时便变成天上的花朵。

250

不要让刀锋讥笑它柄子的拙钝。

251

夜的沉默,如一个深深的灯盏,银河便是它燃着的灯光。

252

死像大海的无限的歌声,日夜冲击着生命的光明岛的四周。

253

花瓣似的山峰在饮着日光,这山岂不像一朵花吗?

254

“真实”的含义被误解,轻重被倒置,那就成了“不真实”。

255

我的心呀，从世界的流动中找你的美吧，正如那小船得到风与水的优美似的。

256

眼不以能视来骄人，却以它们的眼镜来骄人。

257

我住在我的这个小小世界里，生怕使它再缩小一丁点儿。把我抬举到您的世界里去吧，让我有高高兴兴地失去我的一切的自由。

258

虚伪永远不能凭借它生长在权力中而变成真实。

259

我的心，同着它的歌的拍拍舐岸的波浪，渴望着要抚爱这个阳光熙和的绿色世界。

260

道旁的草,爱那天上的星吧,你的梦境便可在花朵里实现了。

261

让你的音乐如一柄利刃,直刺入市井喧扰的心中吧。

262

这树的颤动之叶,触动着我的心,像一个婴儿的手指。

263

小花睡在尘土里。

它寻求蛱蝶走的道路。

264

我是在道路纵横的世界上。

夜来了。打开您的门吧,家之世界啊!

265

我已经唱过了您的白天的歌。

在黄昏时候，让我拿着您的灯走过风雨飘摇的道路吧。

266

我不要求你进我的屋里。

你到我无量的孤寂里来吧，我的爱人！

267

死亡隶属于生命，正与生一样。

举足是走路，正如落足也是走路。

268

我已经学会了你在花与阳光里微语的意义——再教我明白你在苦与死中所说的话吧。

269

夜的花朵来晚了，当早晨吻着她时，她战栗着，叹息了一声，萎落在地上了。

270

从万物的愁苦中，我听见了“永恒母亲”的呻吟。

271

大地呀，我到你岸上时是一个陌生人，住在你屋内时是一个宾客，离开你的门时是一个朋友。

272

当我去时，让我的思想到你那里来，如那夕阳的余光，映在沉默的星天的边上。

273

在我的心头燃点起那休憩的黄昏星吧，然后让黑夜向我微语着爱情。

274

我是一个在黑暗中的孩子。

我从夜的被单里向您伸出我的双手，母亲。

275

白天的工作完了。把我的脸掩藏在您的臂间吧,母亲。

让我入梦吧。

276

集会时的灯光,点了很久,会散时,灯便立刻灭了。

277

当我死时,世界呀,请在你的沉默中,替我留着"我已经爱过了"这句话吧。

278

我们在热爱世界时便生活在这世界上。

279

让死者有那不朽的名,但让生者有那不朽的爱。

280

我看见你,像那半醒的婴孩在黎明的微光里看见他的母亲,于是微笑而又睡去了。

281

我将死了又死,以明白生是无穷无尽的。

282

当我和拥挤的人群一同在路上走过时,我看见您从阳台上送过来的微笑,我歌唱着,忘却了所有的喧哗。

283

爱就是充实了的生命,正如盛满了酒的酒杯。

284

他们点了他们自己的灯,在他们的寺院内,吟唱他们自己的话语。

但是小鸟们却在你的晨光中,唱着你的名字——因为你的名字便是快乐。

285

领我到您的沉寂的中心，使我的心充满了歌吧。

286

让那些选择了他们自己的焰火咝咝的世界的，就生活在那里吧。

我的心渴望着您的繁星，我的上帝。

287

爱的痛苦环绕着我的一生，像汹涌的大海似的唱着；而爱的快乐却像鸟儿们在花林里似的唱着。

288

假如您愿意，您就熄了灯吧。

我将明白您的黑暗，而且将喜爱它。

289

当我在那日子的终了，站在您的面前时，您将看见我的伤疤，而知道我有我的许多创伤，但也有我的医治的法儿。

290

总有一天,我要在别的世界的晨光里对你唱道:“我以前在地球的光里,在人的爱里,已经见过你了。”

291

从别的日子里飘浮到我的生命里的云,不再落下雨点或引起风暴了,却只给与我的夕阳的天空以色彩。

292

真理引起了反对它自己的狂风骤雨,那场风雨吹散了真理的广播的种子。

293

昨夜的风雨给今日的早晨戴上了金色的和平。

294

真理仿佛带了它的结论而来,而那结论却产生了它的第二个。

295

他是有福的,因为他的名望并没有比他的真实更光亮。

296

您的名字的甜蜜充溢着我的心,而我忘掉了我自己的——就像您的早晨的太阳升起时,那大雾便消失了。

297

静悄悄的黑夜具有母亲的美丽,而吵闹的白天具有孩子的美。

298

当人微笑时,世界爱了他;当他大笑时,世界便怕他了。

299

神等待着人在智慧中重新获得童年。

300

让我感到这个世界乃是您的爱的成形吧,那么,我的爱也将帮助着它。

301

您的阳光对着我的心头的冬天微笑着，从来不怀疑它的春天的花朵。

302

神在他的爱里吻着“有涯”，而人却吻着“无涯”。

303

您越过不毛之地的沙漠而到达了圆满的时刻。

304

神的静默使人的思想成熟而为语言。

305

“永恒的旅客”呀，你可以在我的歌中找到你的足迹。

306

让我不致羞辱您吧，父亲，您在您的孩子们身上显现出您的光荣。

307

这一天是不快活的。光在蹙额的云下，如一个被责打的儿童，灰白的脸上留着泪痕；风又叫号着，似一个受伤的世界的哭声。但是我知道，我正跋涉着去会我的朋友。

308

今天晚上棕榈叶在嚓嚓地作响，海上有大浪，满月啊，就像世界在心脉悸跳。从什么不可知的天空，您在您的沉默里带来了爱的痛苦的秘密？

309

我梦见一颗星，一个光明岛屿，我将在那里出生。在它快速的闲暇深处，我的生命将成熟它的事业，像秋天阳光下的稻田。

310

雨中的湿土的气息，就像从渺小的无声的群众那里来的一阵巨大的赞美歌声。

311

说爱情会失去的那句话，乃是我们不能够当作真理来接受的一个事实。

312

我们将有一天会明白，死永远不能够夺去我们的灵魂所获得的东西。因为她所获得的，和她自己是一体。

313

神在我的黄昏的微光中，带着花到我这里来。这些花都是我过去的，在他的花篮中还保存得很新鲜。

314

主呀，当我的生之琴弦都已调得谐和时，你的手的一弹一奏，都可以发出爱的乐声来。

315

让我真真实实地活着吧，我的上帝。这样，死对于我也就成了真实的了。

316

人类的历史在很忍耐地等待着被侮辱者的胜利。

317

我这一刻感到你的眼光正落在我的心上，像那早晨阳光中的沉默落在已收获的孤寂的田野上一样。

318

在这喧哗的波涛起伏的海中，我渴望着咏歌之鸟。

319

夜的序曲是开始于夕阳西下的音乐，开始于它对难以形容的黑暗所作的庄严的赞歌。

320

我攀登上高峰，发现在名誉的荒芜不毛的高处，简直找不到一个遮身之地。我的引导者啊，领导着我在光明逝去之前，进到沉静的山谷里去吧。在那里，一生的收获将会成熟为黄金的智慧。

321

在这个黄昏的朦胧里，好些东西看来都仿佛是幻象一般——尖塔的底层在黑暗里消失了，树顶像是墨水的模糊的斑点似的。我将等待着黎明，而当我醒来的时候，就会看到在光明里的您的城市。

322

我曾经受过苦，曾经失望过，曾经体会过“死亡”，于是我以我在这伟大的世界里为乐。

323

在我的一生里，也有贫乏和沉默的地域。它们是我忙碌的日子得到日光与空气的几片空旷之地。

324

我的未完成的过去，从后边缠绕到我身上，使我难于死去。请从它那里释放了我吧。

325

“我相信你的爱。”让这句话做我的最后的话。

新　月　集

译者自序

我对于泰戈尔(R. Tagore)的诗最初发生浓厚的兴趣,是在第一次读《新月集》的时候。那时离现在将近五年,许地山君坐在我家的客厅里,长发垂到两肩,很神秘地在黄昏的微光中,对我谈到泰戈尔的事。他说:他在缅甸时,看到泰戈尔的画像,又听人讲到他,便买了他的诗集来读。过了几天,我到许地山君的宿舍里去。他说:“我拿一本泰戈尔的诗选送给你。”他便到书架上去找那本诗集。我立在窗前,四围静悄悄的,只有水池中喷泉的潺潺的声音。我静静地等候读那本美丽的书。他不久便从书架上取下很小的一本绿纸面的书来。他说:“这是一个日本人选的泰戈尔诗,你先拿去看看。泰戈尔不久前曾到过日本。”我坐了车回家,在归程中,借着新月与市灯的微光,约略地把它翻看了一遍。最使我喜欢的是其中所选的几首《新月集》的诗。那一夜,在灯下又看了一次。第二天,地山见我时,问道:“你最喜欢哪几首?”我说:“《新月集》的几首。”他隔了几天,又拿了一本很美丽的书给我,他说:“这就是《新月集》。”从那时候,《新月集》便常在我的书桌上。直到现在,我还时时把它翻开来读。

我译《新月集》,也是受地山君的鼓励。有一天,他把他所译的《吉檀迦利》的几首诗给我看,都是用古文译的。我说:“译得很好,但似乎太古奥了。”他说:“这一类的诗,应该用这个古奥的文体译。至于《新月集》,却又须用新妍流露的文字译。我想译《吉檀迦利》,你为何不译《新月集》呢?”于是我与他约,我们同时动手译这两部书。此后二年中,他的《吉檀迦利》固未译成,我的《新月集》也时译时辍。直至《小说月报》改革后,我才把自己所译的《新月集》在它上面发表了几首。地山译的《吉檀迦利》却始终没有再译下去。已译的几首也始终不肯拿出来发表。后来王独清君译的《新月集》也出版了,我更懒得把自己的译下去。许多朋友却时时催我把这个工作做完。他们都说,王君的译文太不容易懂了,似乎有再译的必要。那时我正有选译泰戈尔诗的计划,便一方面把旧译的稿整理一下,一方面参考了王君的译文,又新译了八九首出来,结果便成了现在的这个译本。原集里还有九首诗,因为我不大喜欢它们,所以没有译出来。

我喜欢《新月集》。如我之喜欢安徒生的童话。安徒生的文字美丽而富有诗趣,他有一种不可测的魔力,能把我们从忙扰的人世间带到美丽和平的花的世界、虫的世界、人鱼的世界里去;能使我们忘了一切艰苦的境遇,随了他走进有静的方池的绿水、有美的挂在黄昏的天空的雨后弧虹等等的天国里去。《新月集》也具有这种不可测的魔力。它把我们从怀疑贪望的成人的世界,带到秀嫩天真的儿童的新月之国里去。我们忙着费时间在计算数字,它却能使我们重又回到坐在泥土里以枯枝断梗为戏的时代;我们忙着人海采珠,掘山寻金,它却能使我们在心里重温着在海滨以贝壳为餐具,以落叶为舟,以绿草的露点为圆珠的儿童的梦。总之,我们只要一翻开它来,便立刻如得到两只有魔术的翼翅,可以使自己飞翔到美静天真的儿童国里去。

有许多人以为《新月集》是一部写给儿童看的书。这是他们受了广告上附注的“儿歌”(Child Poems)二字的暗示的缘故。实际上,《新月集》虽然未尝没有几首儿童可以看得懂的诗歌,而泰戈尔之写这些诗,却绝非为儿童而作的。它并不是一部写给儿童读的诗歌集,而是一部叙述儿童心理、儿童生活的最好的诗歌集。这正如俄国许多民众小说家所作的民众小说,并不是为民众而作,而是写民众的生活的作品一样。我们如果认清了这一点,便不会无端地引起什么怀疑与什么争论了。

我的译文自己很不满意,但似乎还很忠实,且不至看不懂。

读者的一切指教,我都欢迎地承受。

我最后应该向许地山君表示谢意。他除了鼓励我以外,在这个译本写好时,还曾为我校读了一次。

郑振铎

再版译序

我在1923年的时候，曾把泰戈尔的《新月集》译为中文出版。但在那个译本里，并没有把这部诗集完全译出。这部诗集的英文本共有诗四十首，我只译出了三十一首。现在把我的译本重行校读了一下，重译并改正了不少地方，同时，并把没有译出的九首也补译了出来。这可算是《新月集》的一部比较完整的译本了。

应该在这里谢谢孙家晋同志，他花了好几天的工夫，把我的译文仔细地校读了一遍，有好几个地方是采用了他的译法的。

郑振铎

家　庭

我独自在横跨过田地的路上走着。夕阳像一个守财奴似的，正藏起它的最后的金子。

白昼更加深沉地投入黑暗之中。那已经收割了的孤寂的田地，默默地躺在那里。

天空里突然升起了一个男孩子的尖锐的歌声。他穿过看不见的黑暗，留下他的歌声的辙痕跨过黄昏的静谧。

他的乡村的家坐落在荒凉的土地的边上，在甘蔗田的后面，躲藏在香蕉树、瘦长的槟榔树、椰子树和深绿色的贾克果树的阴影里。

我在星光下独自走着的路上停留了一会儿。我看见黑沉沉的大地展开在我的面前，用她的手臂拥抱着无量数的家庭。在那些家庭里有着摇篮和床铺，母亲们的心和夜晚的灯，还有年轻轻的生命。他们满心欢乐，却浑然不知这样的欢乐对于世界的价值。

海　边

孩子们会集在无边无际的世界的海边。

无垠的天穹静止地临于头上，不息的海水在足下汹涌。孩子们会集在无边无际的世界的海边，叫着，跳着。

他们拿沙来建筑房屋，拿空贝壳来做游戏。他们把落叶编成了船，笑嘻嘻地把它们放到大海上。孩子们在世界的海边，做他们的游戏。

他们不知道怎样泅水，他们不知道怎样撒网。采珠的人为了珠潜水，商人在他们的船上航行，孩子们却只把小圆石聚了又散。他们不搜求宝藏；他们不知道怎样撒网。

大海哗笑着涌起波浪，而海滩的微笑荡漾着淡淡的光芒。致人死命的波涛，对着孩子们唱无意义的歌曲，就像一个母亲在摇动她孩子的摇篮时一样。大海和孩子们一同游戏，而海滩的微笑荡漾着淡淡的光芒。

孩子们会集在无边无际的世界的海边。狂风暴雨飘游在无辙迹的天空上，航船沉碎在无辙迹的海水里，死正在外面活动，孩子们却在游戏。在无边无际的世界的海边，孩子们大会集着。

来　源

流泛在孩子两眼的睡眠——有谁知道它是从什么地方来的？是的，有个谣传，说它是住在萤火虫朦胧地照耀着林荫的仙村里，在那个地方，挂着两个迷人的羞怯的蓓蕾。它便是从那个地方来吻孩子的两眼的。

当孩子睡时，在他唇上浮动着的微笑——有谁知道它是从什么地方生出来的？是的，有个谣传，说新月的一线年轻的清光，触着将消未消的秋云边上，于是微笑便初生在一个浴在清露里的早晨的梦中了——当孩子睡时，微笑便在他的唇上浮动着。

甜蜜柔嫩的新鲜生气，像花一般地在孩子的四肢上开放着——有谁知道它在什么地方藏得这样久？是的，当妈妈还是一个少女的时候，它已在爱的温柔而沉静的神秘中，潜伏在她的心里了——甜蜜柔嫩的新鲜生气，像花一般地在孩子的四肢上开放着。

孩童之道

只要孩子愿意,他此刻便可飞上天去。

他所以不离开我们,并不是没有缘故。

他爱把他的头倚在妈妈的胸间,他即使是一刻不见她,也是不行的。

孩子知道各式各样的聪明话,虽然世间的人很少懂得这些话的意义。

他所以永不想说,并不是没有缘故。

他所要做的一件事,就是要学习从妈妈的嘴唇里说出来的话。那就是他所以看来这样天真的缘故。

孩子有成堆的黄金与珠子,但他到这个世界上来,却像一个乞丐。

他所以这样假装了来,并不是没有缘故。

这个可爱的小小的裸着身体的乞丐,所以假装着完全无助的样子,便是想要乞求妈妈的爱的财富。

孩子在纤小的新月的世界里,是一切束缚都没有的。

他所以放弃了他的自由,并不是没有缘故。

他知道有无穷的快乐藏在妈妈的心的小小一隅里,被妈妈亲爱的手臂拥抱着,其甜美远胜过自由。

孩子永不知道如何哭泣。他所住的是完全的乐土。

他所以要流泪，并不是没有缘故。

虽然他用了可爱的脸儿上的微笑，引逗得他妈妈的热切的心向着他，然而他的因为细故而发的小小的哭声，却编成了怜与爱的双重约束的带子。

不被注意的花饰

呵，谁给那件小外衫染上颜色的，我的孩子？谁使你的温软的肢体穿上那件红的小外衫的？

你在早晨就跑出来到天井里玩儿，你，跑着就像摇摇欲跌似的。

但是谁给那件小外衫染上颜色的，我的孩子？

什么事叫你大笑起来的，我的小小的命芽儿？

妈妈站在门边，微笑地望着你。

她拍着双手，她的手镯叮当地响着；你手里拿着你的竹竿儿在跳舞，活像一个小小的牧童儿。

但是什么事叫你大笑起来的，我的小小的命芽儿？

喔，乞丐，你双手攀搂住妈妈的头颈，要乞讨些什么？

喔，贪得无厌的心，要我把整个世界从天上摘下来，像摘一个果子似的，把它放在你的一双小小的玫瑰色的手掌上么？

喔，乞丐，你要乞讨些什么？

风高兴地带走了你踝铃的叮当。

太阳微笑着，望着你的打扮。

当你睡在你妈妈的臂弯里时，天空在上面望着你，而早晨蹑手蹑脚地走到你的床跟前，吻着你的双眼。

风高兴地带走了你踝铃的叮当。

仙乡里的梦婆飞过朦胧的天空,向你飞来。

在你妈妈的心头上,那世界母亲,正和你坐在一块儿。

他,向星星奏乐的人,正拿着他的横笛,站在你的窗边。

仙乡里的梦婆飞过朦胧的天空,向你飞来。

偷睡眠者

谁从孩子的眼里把睡眠偷了去呢？我一定要知道。

妈妈把她的水罐挟在腰间，走到近村汲水去了。

这是正午的时候。孩子们游戏的时间已经过去了；池中的鸭子沉默无声。

牧童躺在榕树的荫下睡着了。

白鹤庄重而安静地立在芒果树边的泥泽里。

就在这个时候，偷睡眠者跑来从孩子的两眼里捉住睡眠，便飞去了。

当妈妈回来时，她看见孩子四肢着地地在屋里爬着。

谁从孩子的眼里把睡眠偷了去呢？我一定要知道。我一定要找到她，把她锁起来。

我一定要向那个黑洞里张望。在那个洞里，有一道小泉从圆的和有皱纹的石上滴下来。

我一定要到醉花林中的沉寂的树影里搜寻。在这林中，鸽子在它们住的地方咕咕地叫着，仙女的脚环在繁星满天的静夜里叮当地响着。

我要在黄昏时，向静静的萧萧的竹林里窥望。在这林中，萤火虫闪闪地耗费它们的光明，只要遇见一个人，我便要问他："谁能告诉我偷睡眠者住在什么地方？"

谁从孩子的眼里把睡眠偷了去呢？我一定要知道。

只要我能捉住她，怕不会给她一顿好教训！

我要闯入她的巢穴,看她把所有偷来的睡眠藏在什么地方。

我要把它都夺了来,带回家去。

我要把她的双翼缚得紧紧的,把她放在河边,然后叫她拿一根芦苇,在灯心草和睡莲间钓鱼为戏。

当黄昏,街上已经收了市,村里的孩子们都坐在妈妈的膝上时,夜鸟便会讥笑地在她耳边说:

"你现在还想偷谁的睡眠呢?"

开 始

“我是从哪儿来的？你，在哪儿把我捡起来的？”孩子问他的妈妈说。

她把孩子紧紧地搂在胸前，半哭半笑地答道——

“你曾被我当作心愿藏在我的心里，我的宝贝。

“你曾存在于我孩童时代玩的泥娃娃身上；每天早晨我用泥土塑造我的神像，那时我反复地塑了又捏碎了的就是你。

“你曾和我们的家庭守护神一同受到祀奉，我崇拜家神时也就崇拜了你。

“你曾活在我所有的希望和爱情里，活在我的生命里，我母亲的生命里。

“在主宰着我们家庭的不死的精灵的膝上，你已经被抚育了好多代了。

“当我做女孩子的时候，我的心的花瓣儿张开，你就像一股花香似的散发出来。

“你的软软的温柔，在我的青春的肢体上开花了，像太阳出来之前的天空里的一片曙光。

“上天的第一宠儿，晨曦的孪生兄弟，你从世界的生命的溪流浮泛而下，终于停泊在我的心头。

“当我凝视你的脸蛋儿的时候，神秘之感湮没了我；你这属于一切人的，竟成了我的。

“为了怕失掉你，我把你紧紧地搂在胸前。是什么魔术把这世界的宝贝引到我这双纤小的手臂里来呢？”

孩子的世界

我愿我能在我孩子自己的世界的中心,占一角清净地。

我知道有星星同他说话,天空也在他面前垂下,用它呆呆的云朵和彩虹来娱悦他。

那些大家以为他是哑的人,那些看去像是永不会走动的人,都带了他们的故事,捧了满装着五颜六色的玩具的盘子,匍匐地来到他的窗前。

我愿我能在横过孩子心中的道路上游行,解脱了一切的束缚;

在那儿,使者奉了无所谓的使命奔走于无史的诸王的王国间;

在那儿,理智以它的法律造为纸鸢而飞放,真理也使事实从桎梏中自由了。

时候与原因

当我给你五颜六色的玩具的时候，我的孩子，我明白了为什么云上水上是这样的色彩缤纷，为什么花朵上染上绚烂的颜色的原因了——当我给你五颜六色的玩具的时候，我的孩子。

当我唱着使你跳舞的时候，我真的知道了为什么树叶儿响着音乐，为什么波浪把它们的合唱的声音送进静听着的大地的心头的原因了——当我唱着使你跳舞的时候。

当我把糖果送到你贪得无厌的双手上的时候，我知道了为什么在花萼里会有蜜，为什么水果里会秘密地充溢了甜汁的原因了——当我把糖果送到你贪得无厌的双手上的时候。

当我吻着你的脸蛋儿叫你微笑的时候，我的宝贝，我的确明白了在晨光里从天上流下来的是什么样的快乐，而夏天的微风吹拂在我的身体上的又是什么样的爽快——当我吻着你的脸蛋儿叫你微笑的时候。

责　备

为什么你眼里有了眼泪，我的孩子？

他们真是可怕，常常无谓地责备你！

你写字时墨水玷污了你的手和脸——这就是他们所以骂你龌龊的缘故么？

呵，呸！他们也敢因为圆圆的月儿用墨水涂了脸，便骂它龌龊么？

他们总要为了每一件小事去责备你，我的孩子。他们总是无谓地寻人错处。

你游戏时扯破了衣服——这就是他们说你不整洁的缘故？

呵，呸！秋之晨从它的破碎的云衣中露出微笑，那么，他们要叫它什么呢？

他们对你说什么话，尽管可以不去理睬他，我的孩子。

他们把你做错的事长长地记了一笔账。

谁都知道你是十分喜欢糖果的——这就是他们所以称你作贪婪的缘故么？

呵，呸！我们是喜欢你的，那么他们要叫我们什么呢？

审 判 官

你想说他什么尽管说罢,但是我知道我孩子的短处。

我爱他并不因为他好,只是因为他是我的小小的孩子。

你如果把他的好处与坏处两两相权,你怎会知道他是如何地可爱呢?

当我必须责罚他的时候,他更成为我生命的一部分了。

当我使他的眼泪流出时,我的心也和他同哭了。

只有我才有权去骂他,去责备他;因为只有热爱人的人才可以惩戒人。

玩　　具

孩子,你真是快活呀！一早晨坐在泥土里,要着折下来的小树枝儿。

我微笑着看你在那里要弄那根折下来的小树枝儿。

我正忙着算账,一小时一小时在那里加叠数字。

也许你在看我,心想:“这种好没趣的游戏,竟把你一早晨的好时间浪费掉了!”

孩子,我忘了聚精会神玩耍树枝与泥饼的方法了。

我寻求贵重的玩具,收集金块与银块。

你呢,无论找到什么便去做你的快乐的游戏;我呢,却把我的时间与力气都浪费在那些我永不能得到的东西上。

我在我的脆薄的独木船里挣扎着,要航过欲望之海,竟忘了我也是在那里做游戏了。

天 文 家

我不过说："当傍晚圆圆的满月挂在迦昙波[①]的枝头时，有人能去捉住它么？"

哥哥却对我笑道："孩子呀，你真是我所见到的顶顶傻的孩子。月亮离我们这样远，谁能去捉住它呢？"

我说："哥哥，你真傻！当妈妈向窗外探望，微笑着往下看我们游戏时，你也能说她远么？"

哥哥还是说："你这个傻孩子！但是，孩子，你到哪里去找一个大得能逮住月亮的网呢？"

我说："你自然可以用双手去捉住它呀。"

但是哥哥还是笑着说："你真是我所见到的顶顶傻的孩子！如果月亮走近了，你便知道它是多么大了。"

我说："哥哥，你们学校里所教的，真是没有用呀！当妈妈低下脸儿跟我们亲嘴时，她的脸看来也是很大的么？"

但哥哥还是说："你真是一个傻孩子。"

---

① 意译"白花"，即昙花。

云　与　波

妈妈,住在云端的人对我唤道——

“我们从醒的时候游戏到白日终止。

“我们与黄金色的曙光游戏,我们与银白色的月亮游戏。”

我问道:“但是,我怎么能够上你那里去呢?”

他们答道:“你到地球的边上来,举手向天,就可以被接到云端里来了。”

“我妈妈在家里等我呢,”我说,“我怎么能离开她而来呢?”

于是他们微笑着浮游而去。

但是我知道一件比这更好的游戏,妈妈。

我做云,你做月亮。

我用两只手遮盖你,我们的屋顶就是青碧的天空。

住在波浪上的人对我唤道——

“我们从早晨唱歌到晚上;我们前进又前进地旅行,也不知我们所经过的是什么地方。”

我问道:“但是,我怎么才能加入你们的队伍呢?”

他们告诉我说:“来到岸旁,站在那里,紧闭你的两眼,你就被带到波浪上来了。”

我说:“傍晚的时候,我妈妈常要我在家里——我怎么能离开她而去呢!”

于是他们微笑着,跳舞着奔流过去。

但是我知道一件比这更好的游戏。

我是波浪,你是陌生的岸。

我奔流而进,进,进,笑哈哈地撞碎在你的膝上。

世界上就没有一个人会知道我们俩在什么地方。

金 色 花

假如我变了一朵金色花①,为了好玩,长在树的高枝上,笑嘻嘻地在空中摇摆,又在新叶上跳舞,妈妈,你会认识我么?

你要是叫道:"孩子,你在哪里呀?"我暗暗地在那里匿笑,却一声儿不响。

我要悄悄地开放花瓣儿,看着你工作。

当你沐浴后,湿发披在两肩,穿过金色花的林荫,走到做祷告的小庭院时,你会嗅到这花香,却不知道这香气是从我身上来的。

当你吃过中饭,坐在窗前读《罗摩衍那》②,那棵树的阴影落在你的头发与膝上时,我便要将我小小的影子投在你的书页上,正投在你所读的地方。

但是你会猜得出这就是你孩子的小小影子么?

当你黄昏时拿了灯到牛棚里去,我便要突然地再落到地上来,又成了你的孩子,求你讲故事给我听。

"你到哪里去了,你这坏孩子?"

"我不告诉你,妈妈。"这就是你同我那时所要说的话了。

---

① 印度圣树,木兰花属植物,开金黄色碎花。译名亦作"瞻波伽"或"占波"。

② 印度的一部叙事诗。全诗二万四千章,分为七卷。

仙人世界

如果人们知道了我的国王的宫殿在哪里,它就会消失在空气中的。

墙壁是白色的银,屋顶是耀眼的黄金。

皇后住在有七个庭院的宫苑里;她戴的一串珠宝,值得整整七个王国的全部财富。

不过,让我悄悄地告诉你,妈妈,我的国王的宫殿究竟在哪里。

它就在我们阳台的角上,在那栽着杜尔茜花的花盆放着的地方。

公主躺在远远的、隔着七个不可逾越的重洋的那一岸沉睡着。

除了我自己,世界上便没有人能够找到她。

她臂上有镯子,她耳上挂着珍珠,她的头发拖到地板上。

当我用我的魔杖点触她的时候,她就会醒过来;而当她微笑时,珠玉将会从她唇边落下来。

不过,让我在我的耳朵边悄悄地告诉你,妈妈,她就住在我们阳台的角上,在那栽着杜尔茜花的花盆放着的地方。

当你要到河里洗澡的时候,你走上屋顶的那座阳台来罢。

我就坐在墙的阴影所聚会的一个角落里。

我只让小猫儿跟我在一起,因为它知道那故事里的理发匠住在哪里。

他住的地方,就在阳台的角上,在那栽着杜尔茜花的花盆放着的地方。

流放的地方

妈妈，天空上的光成了灰色了；我不知道是什么时候了。

我玩得怪没劲儿的，所以到你这里来了。这是星期六，是我们的休息日。

放下你的活计，妈妈，坐在靠窗的一边，告诉我，童话里的特潘塔沙漠在什么地方？

雨的影子遮掩了整个白天。

凶猛的电光用它的爪子抓着天空。

当乌云在轰轰地响着，天打着雷的时候，我总爱心里带着恐惧爬伏到你的身上。

当大雨倾泻在竹叶子上好几个钟头，而我们的窗户为狂风震得格格发响的时候，我就爱独自和你坐在屋里，妈妈，听你讲童话里的特潘塔沙漠的故事。

它在哪里，妈妈？在哪一个海洋的岸上？在哪些个山峰的脚下？在哪一个国王的国土里？

田地上没有此疆彼壤的界石，也没有村人在黄昏时走回家的或妇人在树林里捡拾枯枝而捆载到市场上去的道路。沙地上只有一小块一小块的黄色草地，只有一株树，就是那一对聪明的老鸟儿在那里做窝的，那个地方就是特潘塔沙漠。

我能够想象得到，就在这样一个乌云密布的日子，国王的年轻的儿子，怎样独自骑着一匹灰色马，走过这个沙漠，去寻找那被囚禁在不可知的重洋之外的巨人宫里的公主。

当雨雾在遥远的天空下降,电光像一阵突然发作的痛楚的痉挛似的闪射的时候,他可记得他的不幸的母亲,为国王所弃,正在扫除牛棚,眼里流着眼泪,当他骑马走过童话里的特潘塔沙漠的时候?

看,妈妈,一天还没有完,天色就差不多黑了,那边村庄的路上没有什么旅客了。

牧童早就从牧场上回家了,人们都已从田地里回来,坐在他们草屋檐下的草席上,眼望着阴沉的云块。

妈妈,我把我所有的书本都放在书架上了——不要叫我现在做功课。

当我长大了,大得像爸爸一样的时候,我将会学到必须学到的东西的。

但是,今天你可得告诉我,妈妈,童话里的特潘塔沙漠在什么地方?

雨 天

乌云很快地集拢在森林的黝黑的边缘上。

孩子,不要出去呀!

湖边的一行棕树,向暝暗的天空撞着头;羽毛零乱的乌鸦,静悄悄地栖在罗望子树的枝上。河的东岸正被乌沉沉的暝色所侵袭。

我们的牛系在篱上,高声鸣叫。

孩子,在这里等着,等我先把牛牵进牛棚里去。

许多人都挤在池水泛溢的田间,捉那从泛溢的池中逃出来的鱼儿。雨水成了小河,流过狭衖,好像一个嬉笑的孩子从他妈妈那里跑开,故意要恼她一样。

听呀,有人在浅滩上喊船夫呢。

孩子,天色暝暗了,渡头的摆渡已经停了。

天空好像是在滂沱的雨上快跑着;河里的水喧叫而且暴躁;妇人们早已拿着汲满了水的水罐,从恒河畔匆匆地回家了。

夜里用的灯,一定要预备好。

孩子,不要出去呀!

到市场去的大道已没有人走,到河边去的小路又很滑。风在竹林里咆哮着,挣扎着,好像一只落在网中的野兽。

纸　船

我每天把纸船一个个放在急流的溪中。

我用大黑字把我的名字和我住的村名写在纸船上。

我希望住在异地的人会得到这纸船,知道我是谁。

我把园中长的秀利花载在我的小船上,希望这些黎明开的花能在夜里被平平安安地带到岸上。

我把我的纸船投到水里,仰望天空,看见小朵的云正张着满鼓着风的白帆。

我不知道天上有我的什么游伴把这些船放下来同我的船比赛!

夜来了,我的脸埋在手臂里,梦见我的纸船在子夜的星光下缓缓地浮泛向前。

睡仙坐在船里,带着满载着梦的篮子。

水　手

船夫曼特胡的船只停泊在拉琪根琪码头。

这只船无用地装载着黄麻,无所事事地停泊在那里已经好久了。

只要他肯把他的船借给我,我就给它安装一百只桨,扬起五个或六个或七个布帆来。

我决不把它驾驶到愚蠢的市场上去。

我将航行遍仙人世界里的七个大海和十三条河道。

但是,妈妈,你不要躲在角落里为我哭泣。

我不会像罗摩犍陀罗①似的,到森林中去,一去十四年才回来。

我将成为故事中的王子,把我的船装满我所喜欢的东西。

我将带我的朋友阿细和我做伴。我们要快快乐乐地航行于仙人世界里的七个大海和十三条河道。

我将在绝早的晨光里张帆航行。

中午,你正在池塘里洗澡的时候,我们将在一个陌生的国王的国土上了。

我们将经过特浦尼浅滩,把特潘塔沙漠抛落在我们的后边。

当我们回来的时候,天色快黑了,我将告诉你我们所见到的一切。

我将越过仙人世界里的七个大海和十三条河道。

---

① 即罗摩,印度叙事诗《罗摩衍那》中的主角。为了尊重父亲的诺言和维持弟兄间的友爱,他抛弃了继承王位的权利,和妻子悉多在森林中被放逐了十四年。

对　岸

我渴想到河的对岸去，

在那边，好些船只一行儿系在竹竿上；

人们在早晨乘船渡过那边去，肩上扛着犁头，去耕耘他们的远处的田；

在那边，牧人使他们鸣叫着的牛游泳到河旁的牧场去；

黄昏的时候，他们都回家了，只留下豺狼在这满长着野草的岛上哀叫。

妈妈，如果你不在意，我长大的时候，要做这渡船的船夫。

据说有好些古怪的池塘藏在这个高岸之后。

雨过去了，一群一群的野鹜飞到那里去。茂盛的芦苇在岸边四围生长，水鸟在那里生蛋；

竹鸡带着跳舞的尾巴，将它们细小的足印印在洁净的软泥上；

黄昏的时候，长草顶着白花，邀月光在长草的波浪上浮游。

妈妈，如果你不在意，我长大的时候，要做这渡船的船夫。

我要自此岸至彼岸，渡过来，渡过去，所有村中正在那儿沐浴的男孩女孩，都要诧异地望着我。

太阳升到中天，早晨变为正午了，我将跑到你那里去，说道："妈妈，我饿了！"

一天完了，影子俯伏在树底下，我便要在黄昏中回家来。

我将永不像爸爸那样，离开你到城里去做事。

妈妈，如果你不在意，我长大的时候，要做这渡船的船夫。

花的学校

当雷云在天上轰响，六月的阵雨落下的时候，

润湿的东风走过荒野，在竹林中吹着口笛。

于是一群一群的花从无人知道的地方突然跑出来，在绿草上狂欢地跳着舞。

妈妈，我真的觉得那群花朵是在地下的学校里上学。

它们关了门做功课。如果它们想在散学以前出来游戏，它们的老师是要罚它们站壁角的。

雨一来，它们便放假了。

树枝在林中互相碰触着，绿叶在狂风里萧萧地响，雷云拍着大手。这时花孩子们便穿了紫的、黄的、白的衣裳，冲了出来。

你可知道，妈妈，它们的家是在天上，在星星所住的地方。

你没有看见它们怎样地急着要到那儿去么？你不知道它们为什么那样急急忙忙么？

我自然能够猜得出它们是对谁扬起双臂来：它们也有它们的妈妈，就像我有我自己的妈妈一样。

商　人

妈妈，让我们想象，你待在家里，我到异邦去旅行。

再想象，我的船已经装得满满地，在码头上等候启碇了。

现在，妈妈，你想一想告诉我，回来时我要带些什么给你。

妈妈，你要一堆一堆的黄金么？

在金河的两岸，田野里全是金色的稻实。

在林荫的路上，金色花也一朵一朵地落在地上。

我要为你把它们全都收拾起来，放在好几百个篮子里。

妈妈，你要秋天的雨点一般大的珍珠么？

我要渡海到珍珠岛的岸上去。

那个地方，在清晨的曙光里，珠子在草地的野花上颤动，珠子落在绿草上，珠子被汹狂的海浪一大把一大把地撒在沙滩上。

我的哥哥呢，我要送他一对有翼的马，会在云端飞翔的。

爸爸呢，我要带一支有魔力的笔给他，他还没有感觉到，笔就写出字来了。

你呢，妈妈，我要把值七个王国的首饰箱和珠宝送给你。

同 情

如果我只是一只小狗,而不是你的小孩,亲爱的妈妈,当我想吃你盘里的东西时,你要向我说“不”么?

你要赶开我,对我说道“滚开,你这淘气的小狗”么?

那么,走罢,妈妈,走罢!当你叫唤我的时候,我就永不到你那里去,也永不要你再喂我吃东西了。

如果我只是一只绿色的小鹦鹉,而不是你的小孩,亲爱的妈妈,你要把我紧紧地锁住,怕我飞走么?

你要对我指指点点地说道“怎样的一只不知感恩的贱鸟呀!整日整夜地尽在咬它的链子”么?

那么,走罢,妈妈,走罢!我要跑到树林里去;我就永不再让你将我抱在你的臂里了。

职　业

早晨,钟敲十下的时候,我沿着我们的小巷到学校去。

每天我都遇见那个小贩,他叫道:“镯子呀,亮晶晶的镯子!”

他没有什么事情急着要做,他没有哪条街道一定要走,他没有什么地方一定要去,他没有什么规定的时间一定要回家。

我愿意我是一个小贩,在街上过日子,叫着:“镯子呀,亮晶晶的镯子!”

下午四点钟,我从学校里回家。

从一家门口,我看见一个园丁在那里掘地。

他用他的锄子,要怎么掘,便怎么掘,他被尘土污了衣裳。如果他被太阳晒黑了或是身上被打湿了,都没有人骂他。

我愿意我是一个园丁,在花园里掘地,谁也不来阻止我。

天色刚黑,妈妈就送我上床。

从开着的窗口,我看见更夫走来走去。

小巷又黑又冷清,路灯立在那里,像一个头上生着一只红眼睛的巨人。

更夫摇着他的提灯,跟他身边的影子一起走着,他一生一次都没有上床去过。

我愿意我是一个更夫,整夜在街上走,提了灯去追逐影子。

长 者

妈妈，你的孩子真傻！她是那么可笑地不懂事！

她不知道路灯和星星的区别。

当我们玩着把小石子当食物的游戏时，她便以为它们真是吃的东西，竟想放进嘴里去。

当我翻开一本书，放在她面前，要她读 a，b，c 时，她却用手把书页撕了，无端快活地叫起来；你的孩子就是这样做功课的。

当我生气地对她摇头，骂她，说她顽皮时，她却哈哈大笑，以为很有趣。

谁都知道爸爸不在家。但是，如果我在游戏时高叫一声“爸爸”，她便要高兴地四面张望，以为爸爸真是近在身边。

当我把洗衣人带来的运载衣服回去的驴子当作学生，并且警告她说，我是老师时，她却无缘无故地乱叫起我哥哥来。

你的孩子要捉月亮。她是这样的可笑；她把格尼许①唤作琪奴许。

妈妈，你的孩子真傻，她是那么可笑地不懂事！

① 印度的一个普通的名字，也是象头神之名。

小 大 人

我人很小,因为我是一个小孩子。到了我像爸爸一样年纪时,便要变大了。

我的先生要是走来说道:“时候晚了,把你的石板、你的书拿来。”

我便要告诉他道:“你不知道我已经同爸爸一样大了么?我决不再学什么功课了。”

我的老师便将惊异地说道:“他读书不读书可以随便,因为他是大人了。”

我将自己穿了衣裳,走到人群拥挤的市场里去。

我的叔叔要是跑过来说道:“你要迷路了,我的孩子,让我抱着你罢。”

我便要回答道:“你没有看见么,叔叔?我已经同爸爸一样大了。我决定要独自一人到市场里去。”

叔叔便将说道:“是的,他随便到哪里去都可以,因为他是大人了。”

当我正拿钱给我保姆时,妈妈便要从浴室中出来,因为我是知道怎样用我的钥匙去开银箱的。

妈妈要是说道:“你在做什么呀,顽皮的孩子?”

我便要告诉她道:“妈妈,你不知道我已经同爸爸一样大了么?我必须拿钱给保姆。”

妈妈便将自言自语道:“他可以随便把钱给他所喜欢的人,因为他是大人了。”

当十月里放假的时候,爸爸将要回家。他会以为我还是一个小孩子,为我从城里带了小鞋子和小绸衫来。

我便要说道:“爸爸,把这些东西给哥哥罢,因为我已经同你一样大了。”

爸爸便将想了一想,说道:“他可以随便去买他自己穿的衣裳,因为他是大人了。”

十二点钟

妈妈,我真想现在不做功课了。我整个早晨都在念书呢。

你说,现在还不过是十二点钟。假定不会晚过十二点罢;难道你不能把不过是十二点钟想象成下午么?

我能够很容易地想象:现在太阳已经到了那片稻田的边缘上了,老态龙钟的渔婆正在池边采撷香草作她的晚餐。

我闭上了眼就能够想到,马塔尔树下的阴影是更深黑了,池塘里的水看来黑得发亮。

假如十二点钟能够在黑夜里来到,为什么黑夜不能在十二点钟的时候来到呢?

著 作 家

你说爸爸写了许多书,但我却不懂得他所写的东西。

他整个黄昏读书给你听,但是你真懂得他的意思么?

妈妈,你给我们讲的故事,真是好听呀!我很奇怪,爸爸为什么不能写那样的书呢?

难道他从来没有从他自己的妈妈那里听见过巨人、神仙和公主的故事么?

还是已经完全忘记了?

他常常耽误了沐浴,你不得不走去叫他一百多次。

你总要等候着,把他的菜温着等他。但他忘了,还尽管写下去。

爸爸老是以著书为游戏。

如果我一走进爸爸房里去游戏,你就要走来叫道:“真是一个顽皮的孩子!”

如果我稍为弄出一点声音,你就要说:“你没有看见你爸爸正在工作么?”

老是写了又写,有什么趣味呢?

当我拿起爸爸的钢笔或铅笔,像他一模一样地在他的书上写着——a,b,c,d,e,f,g,h,i——那时,你为什么跟我生气呢,妈妈?

爸爸写时,你却从来不说一句话。

当我爸爸耗费了那么一大堆纸时,妈妈,你似乎全不在乎。

但是,如果我只取了一张纸去做一只船,你却要说:“孩子,你真讨厌!”

你对于爸爸拿黑点子涂满了纸的两面,污损了许多许多张纸,心里以为怎样呢?

恶 邮 差

你为什么坐在那边地板上不言不动的？告诉我呀，亲爱的妈妈。

雨从开着的窗口打进来了，把你身上全打湿了，你却不管。

你听见钟已打了四下么？正是哥哥从学校里回家的时候了。

到底发生了什么事，你的神色这样不对？

你今天没有接到爸爸的信么？

我看见邮差在他的袋里带了许多信来，几乎镇里的每个人都分送到了。

只有爸爸的信，他留起来给他自己看。我确信这个邮差是个坏人。

但是不要因此不乐呀，亲爱的妈妈。

明天是邻村市集的日子。你叫女仆去买些笔和纸来。

我自己会写爸爸所写的一切信；使你找不出一点错处来。

我要从 A 字一直写到 K 字。

但是，妈妈，你为什么笑呢？

你不相信我能写得像爸爸一样好？

但是我将用心画格子，把所有的字母都写得又大又美。

当我写好了时，你以为我也像爸爸那样傻，把它投入可怕的邮差的袋中么？

我立刻就自己送来给你，而且一个字母，一个字母地帮助你读。

我知道那邮差是不肯把真正的好信送给你的。

英　雄

妈妈,让我们想象我们正在旅行,经过一个陌生而危险的国土。

你坐在一顶轿子里,我骑着一匹红马,在你旁边跑着。

是黄昏的时候,太阳已经下山了。约拉地希的荒地疲乏而灰暗地展开在我们面前。大地是凄凉而荒芜的。

你害怕了,想道——“我不知道我们到了什么地方了。”

我对你说道:“妈妈,不要害怕。”

草地上刺蓬蓬地长着针尖似的草,一条狭而崎岖的小道通过这块草地。

在这片广大的地面上看不见一只牛;它们已经回到它们村里的牛棚去了。

天色黑了下来,大地和天空都显得朦朦胧胧的,而我们不能说出我们正走向什么所在。

突然间,你叫我,悄悄地问我道:“靠近河岸的是什么火光呀?”

正在那个时候,一阵可怕的呐喊声爆发了,好些人影子向我们跑过来。

你蹲坐在你的轿子里,嘴里反复地祷念着神的名字。

轿夫们,怕得发抖,躲藏在荆棘丛中。

我向你喊道:“不要害怕,妈妈,有我在这里。”

他们手里执着长棒,头发披散着,越走越近了。

我喊道:“要当心!你们这些坏蛋!再向前走一步,你们就要送命了。”

他们又发出一阵可怕的呐喊声,向前冲过来。

你抓住我的手,说道:“好孩子,看在上天面上,躲开他们罢。”

我说道:“妈妈,你瞧我的。”

于是我刺策着我的马匹,猛奔过去,我的剑和盾彼此碰着作响。

这一场战斗是那么激烈,妈妈,如果你从轿子里看得见的话,你一定会发冷颤的。

他们之中,许多人逃走了,还有好些人被砍杀了。

我知道你那时独自坐在那里,心里正在想着,你的孩子这时候一定已经死了。

但是我跑到你的跟前,浑身溅满了鲜血,说道:“妈妈,现在战争已经结束了。”

你从轿子里走出来,吻着我,把我搂在你的心头,你自言自语地说道:

“如果没有我的孩子护送我,我简直不知道怎么办才好。”

一千件无聊的事天天在发生,为什么这样一件事不能够偶然实现呢?

这很像一本书里的一个故事。

我的哥哥要说道:“这是可能的事么?我老是想,他是那么嫩弱呢!”

我们村里的人们都要惊讶地说道:“这孩子正和他妈妈在一起,这不是很幸运么?”

告　别

是我走的时候了，妈妈，我走了。

当清寂的黎明，你在暗中伸出双臂，要抱你睡在床上的孩子时，我要说道："孩子不在那里呀！"——妈妈，我走了。

我要变成一股清风抚摸着你；我要变成水的涟漪，当你浴时，把你吻了又吻。

大风之夜，当雨点在树叶上淅沥时，你在床上会听见我的微语；当电光从开着的窗口闪进你的屋里时，我的笑声也偕了他一同闪进了。

如果你醒着躺在床上，想你的孩子到深夜，我便要从星空向你唱道："睡呀！妈妈，睡呀。"

我要坐在各处游荡的月光上，偷偷地来到你的床上，乘你睡着时，躺在你的胸上。

我要变成一个梦儿，从你的眼皮的微缝中钻到你睡眠的深处。当你醒来吃惊地四望时，我便如闪耀的萤火似的，熠熠地向暗中飞去了。

当杜尔迦节①，邻家的孩子们来屋里游玩时，我便要融化在笛声里，整日价在你心头震荡。

亲爱的阿姨带了杜尔迦节礼物来，问道："我们的孩子在哪里，姊姊？"妈妈，你将要柔声地告诉她："他呀，他现在是在我的瞳仁里，他现在是在我的身体里，在我的灵魂里。"

---

① 印度十月间的"难近母祭日"。

召 唤

她走的时候，夜间黑漆漆的，他们都睡了。

现在，夜间也是黑漆漆的，我唤她道："回来，我的宝贝；世界都在沉睡；当星星互相凝视的时候，你来一会儿是没有人会知道的。"

她走的时候，树木正在萌芽，春光刚刚来到。

现在花已盛开，我唤道："回来，我的宝贝。孩子们漫不经心地在游戏，把花聚在一块，又把它们散开。你如走来，拿一朵小花去，没有人会发觉的。"

那些常常在游戏的人，仍然在那里游戏，生命总是如此地浪费。

我静听他们的空谈，便唤道："回来，我的宝贝，妈妈的心里充满着爱，你如果走来，仅仅从她那里接一个小小的吻，没有人会妒忌的。"

第一次的茉莉

呵，这些茉莉花，这些白的茉莉花！

我仿佛记得我第一次双手满捧着这些茉莉花，这些白的茉莉花的时候。

我喜爱那日光，那天空，那绿色的大地；

我听见那河水淙淙的流声，在漆黑的午夜里传过来；

秋天的夕阳，在荒原上大路转角处迎我，如新妇揭起她的面纱迎接她的爱人。

但我想起孩提时第一次捧在手里的白茉莉，心里充满着甜蜜的回忆。

我生平有过许多快活的日子。在节日宴会的晚上，我曾跟着说笑话的人大笑。

在灰暗的雨天的早晨，我吟哦过许多飘逸的诗篇。

我颈上戴过爱人手织的醉花的花环，作为晚装。

但我想起孩提时第一次捧在手里的白茉莉，心里充满着甜蜜的回忆。

榕 树

喂，你站在池边的蓬头榕树，你可曾忘记了那小小的孩子，就像那在你的枝上筑巢又离开了你的鸟儿似的孩子？

你不记得他怎样坐在窗内，诧异地望着你那深入地下的纠缠的树根么？

妇人们常到池边，汲了满罐的水去。你的大黑影便在水面上摇动，好像睡着的人挣扎着要醒来似的。

日光在微波上跳舞，好像不停不息的小梭在织着金色的花毡。

两只鸭子挨着芦苇，在芦苇影子上游来游去，孩子静静地坐在那里想着。

他想做风，吹过你的萧萧的枝杈；想做你的影子，在水面上，随了日光而俱长；想做一只鸟儿，栖息在你的最高枝上；还想做那两只鸭，在芦苇与阴影中间游来游去。

祝　福

祝福这个小心灵，这个洁白的灵魂，他为我们的大地，赢得了天的接吻。

他爱日光，他爱见他妈妈的脸。

他没有学会厌恶尘土而渴求黄金。

紧紧把他抱在你心里，并且祝福他。

他已来到这个歧路百出的大地上了。

我不知道他怎么要从群众中选出你来，来到你的门前，抓住你的手问路。

他笑着，谈着，跟着你走，心里没有一点儿疑惑。

不要辜负他的信任，引导他到正路，并且祝福他。

把你的手按在他的头上，祈求着：底下的波涛虽然险恶，然而从上面来的风会鼓起他的船帆，送他到和平的港口的。

不要在忙碌中把他忘了，让他来到你的心里，并且祝福他。

赠　品

我要送些东西给你，我的孩子，因为我们同是漂泊在世界的溪流中的。

我们的生命将被分开，我们的爱也将被忘记。

但我却没有那样傻，希望能用我的赠品来买你的心。

你的生命正是青青，你的道路也长着呢，你一口气饮尽了我们带给你的爱，便回身离开我们跑了。

你有你的游戏，有你的游伴。如果你没有时间同我们在一起，如果你想不到我们，那有什么害处呢？

我们呢，自然地，在老年时，会有许多闲暇的时间，去计算那过去的日子，把我们手里永久丢失了的东西，在心里爱抚着。

河流唱着歌很快地游去，冲破所有的堤防。但是山峰却留在那里，忆念着，满怀依依之情。

我 的 歌

我的孩子，我这一支歌将用它的乐声围绕你，好像那爱情的热恋的手臂一样。

我这一支歌将触着你的前额，好像那祝福的接吻一样。

当你只是一个人的时候，它将坐在你的身旁，在你耳边微语着；当你在人群中的时候，它将围住你，使你超然物外。

我的歌将成为你的梦的翼翅，它将把你的心移送到不可知的岸边。

当黑夜覆盖在你路上的时候，它又将成为那照临在你头上的忠实的星光。

我的歌又将坐在你眼睛的瞳仁里，将你的视线带入万物的心里。

当我的声音因死亡而沉寂时，我的歌仍将在你活泼泼的心中唱着。

孩子天使

他们喧哗争斗，他们怀疑失望，他们辩论而没有结果。

我的孩子，让你的生命到他们当中去，如一线镇定而纯洁之光，使他们愉悦而沉默。

他们的贪心和妒忌是残忍的；他们的话，好像暗藏的刀刃，渴欲饮血。

我的孩子，去，去站在他们愤懑的心中，把你的和善的眼光落在他们上面，好像那傍晚的宽宏大量的和平，覆盖着日间的骚扰一样。

我的孩子，让他们望着你的脸，因此能够知道一切事物的意义；让他们爱你，因此使他们也能相爱。

来，坐在无垠的胸膛上，我的孩子。在朝阳出来时，开放而且抬起你的心，像一朵盛开的花；在夕阳落下时，低下你的头，默默地做完这一天的礼拜。

最后的买卖

早晨,我在石铺的路上走时,我叫道:“谁来雇用我呀。”

皇帝坐着马车,手里拿着剑走来。

他拉着我的手,说道:“我要用权力来雇用你。”

但是他的权力算不了什么,他坐着马车走了。

正午炎热的时候,家家户户的门都闭着。

我沿着屈曲的小巷走去。

一个老人带着一袋金钱走出来。

他斟酌了一下,说道:“我要用金钱来雇用你。”

他一个一个地数着他的钱,但我却转身离去了。

黄昏了。花园的篱上满开着花。

美人走出来,说道:“我要用微笑来雇用你。”

她的微笑黯淡了,化成泪容了,她孤寂地回身走进黑暗里去。

太阳照耀在沙地上,海波任性地浪花四溅。

一个小孩坐在那里玩贝壳。

他抬起头来,好像认识我似的,说道:“我雇你不用什么东西。”

在这个小孩的游戏中做成的买卖,使我从此以后成了一个自由的人。

吉檀迦利

译者的话

如果仅仅用文学家、画家、教育家、社会活动家等世俗而平常的词语来评定罗宾德罗那特·泰戈尔，确有些清浅普通。这位出身于富豪家庭、哲人家庭、艺术家庭的大师，在他八十年的人生之旅中，成就的功业甚至超过众生几世的努力。

泰戈尔先生从十四岁开始立足诗坛，写下的诗作约两千首，出版五十余部诗集，又创作了百多部小说、二十部戏剧及大量其他论著。他的诗作深受东西方大家的称颂，并深深影响了世界文坛。他精通孟加拉文和英文，1913 年获诺贝尔文学奖，代表作《吉檀迦利》就是他自己从孟加拉文译为英文的。

从年轻时代，泰戈尔先生就积极参与社会政治活动，为印度的独立而奋斗，其间虽然波折重重，但他终未气馁，并和圣雄甘地结下可歌可泣的友谊。同时，泰戈尔先生致力于发展民族教育事业，为之付出极大辛劳，也取得了令人瞩目的成就。

在步入老年后，泰戈尔先生又拿起画笔，无师自通地创作了两千余幅作品。他的作品绝大多数都没有命名，风格抽象，但是意蕴浓厚。此外，他还谱写出数量可观的歌曲。

泰戈尔先生一生的经历和功绩堪称传奇。

在他的生命中,始终洋溢着无尽的爱和正义。没有功利,没有私欲,永远是坦荡荡一颗赤子心。所以,虽然他伏拜在神的脚下,但是在民众眼中他却有着神的光耀。

当然也不能单单用“委婉”“清丽”“明澈”等任何词语来评定泰戈尔先生的诗作。不,决不能!他的诗作分明是流诸笔端的天籁,是激荡胸怀的梵音,是为世人诉说心曲的神的垂怜。

就让我们在繁忙的现世里,驻足静立、屏息谛听,感受上苍的恩赐,让疲惫的心儿暂且安歇。

王　立

1

你已经令我无尽，这是你的愿望。这易碎的器皿，被你一次次清空，又一次次地汲满新鲜的生命。

这细小的芦笛，你已带着它翻过山岭、涉过溪涧，拿着它吹出永远常新的乐声。

在你的双手不朽的触抚中，我卑微的心儿融化在欢乐里，勃发出神圣的乐曲。

你赐予我的无穷的赠品只放到我这双局促的手上。多少世代过去了，你仍在赠予，而我的手还有余地可以承下。

2

当你命令我去歌唱，我这颗心骄傲得几近迸裂；我仰望着你的容颜，泪水盈满眼眶。

我生命中所有的粗陋和纷乱都融入那甜美的和声——我的颂歌像一只快乐的鸟儿舒展翅膀，翱翔在大海上。

我知道在我的歌声中你感到了欢愉。我知道我只是作为一个歌手，才能来到你的面前。

我用我的颂歌那远扬的翅膀触抚你的双足，那本是我绝难达到的奢望。

痛饮颂歌的喜悦，我难以自已，称呼本是人主的你为我的朋友。

3

我不知道你如何歌唱,我的主！我一直在寂静中惊奇地倾听。

你乐音的光芒普照世界。你乐音的声韵回荡诸天。你乐音的圣洁之流冲决所有无情的屏障,奔腾向前。

我的心渴望汇入你的歌声,但哽咽着发不出一个音节。我希望倾诉,凝噎的言辞却不成腔调,难以为继。啊,你已用音乐的天网虏获了我的心,我的主!

4

我生命中的魂灵啊,我一定会保持身体的洁净,因为知晓你正触抚我的肢体。

我会从我的思想中清除所有的虚幻不实,因为明白你已在我心灵里点燃智慧之光。

我会从我的心底驱除所有邪恶,保持我的青春之爱,因为知道你已在我心灵最深处放置了你的圣堂。

我会尽量在行动中彰显你,因为是你的威力赐予我行动的力量。

5

请容我在你身边歇息一下。我手中的工作,随后就会完成。

从你的面前离去,我的心便难以体味安宁歇息,我的工作成了茫茫苦海里的无尽劳役。

今天，夏日已带着叹息和嘟哝来到我窗前；蜜蜂孜孜不倦地和繁花谈情说爱。

现在正是禅坐的时间，在这宁静悠远中，与你面对面，吟诵生命的奉献。

6

折下这朵小花，拿走吧，不要犹豫！我唯恐它凋谢，零落成泥。

或许它配不上你的花环，但请以你的亲手采摘之劳赋予它荣耀。我唯恐在醒来之前，白日已尽，错过了献祭的时间。

虽然它的颜色并不浓艳，香气也不馥郁，但请仍用它做奉献，趁着时间还早去采摘。

7

我的歌去掉它的饰品。它没有了霓裳和珠宝的傲气。修饰会玷污我们的友谊；它们会阻隔在你我之间；环佩叮当淹灭了你的低语。

在你的注视下，我这诗人的虚荣心羞得无地自容。噢，诗人之父，我坐在你的脚下。只是让我自己涤尽尘念，像一支为你奏响的芦笛。

8

这孩子穿起王子的袍服，脖子上挂上一串宝石项链，在游戏中他丢尽了欢畅的趣味；他的袍服让他每走一步都磕磕绊绊。

担心袍服被弄坏，或者害怕人世的泥土玷污自己，以致不敢挪动脚步。

妈妈，如果一个人脱离大地生机勃勃的泥土，如果一个人堵住了与人世众生亲近的入口,那么这样做一无所获,只能成为华美衣饰的奴仆。

9

噢,傻子,想把自己扛在自己的肩膀上!噢,叫花子,跑到自己的门上行乞!

把你负担的都卸到能承担一切的手里去,决不要为过去的事懊悔不已。

你贪欲的气息会让灯盏的明焰立刻熄灭。从它不洁的手中接受礼物也是不洁。只能接受圣爱所赠的一切。

10

这里是你的足榻,哪里生活着最贫穷、最卑微和最迷茫者,哪里便是你歇脚的地方。

当我向你倾力鞠躬时,我的虔敬无法到达那个深度——你驻足在最贫穷、最卑微和最迷茫的人群中。

骄傲决不能走近那里,在那里你穿着朴素的衣服在最贫穷、最卑微和最迷茫者间穿行。

我的心决不能找到通向那里的道路,在那里你同最贫穷、最卑微和最迷茫的人中的孤独者为伴。

11

离弃这赞美诗、颂歌和默祷的念珠!在这重门深锁的庙宇深处的角落你在向谁独自礼忏?睁开你的双眼,瞧,神不在你的面前!

他在耕种贫瘠土地的农夫那里，在开凿岩石的筑路工那里。他和他们一起日晒雨淋，他的衣服落满尘土。脱掉你的袈裟，甚至像他一样下落到泥土地上！

解脱？从哪里寻找解脱？我们的主已经欣然承担起造物的责任，他就永远和我们连在了一起。

从冥思中走出来，弃绝你献祭的鲜花和薰香！如果你的衣服弄得褴褛肮脏那又有何妨？在辛劳和额头的汗水中与他相见，站立在他的身旁。

12

我的旅行的时间是那样长，路途也是那样长。

乘着第一缕晨光的马车，我穿过广漠的世界，在星月争辉的天穹上留下车辙。

最远的距离是到达你自己，要弹奏最真纯的音调需要最繁复的训练。

旅人必须敲遍所有异乡的大门，才能找到自己的归宿；一个人只有走遍外面的世界，才能抵达内在的圣殿。

我的眼睛已看尽万水千山，然后我才能合眼说："原来你在这儿！"

"你在哪里呀？"的询问呼喊声融入了百川的泪流，和着"我在这里！"的承诺的洪水一同在天地间泛滥奔腾。

13

我要唱的歌至今还没有唱出。

我一直在调校琴弦中度过我的时光。

时候还未真正到来，歌词还在酝酿，只有渴望的痛苦在我心中回荡。

花儿还未开放，掠过的只有风的叹息。

我没有看见他的脸庞，也没有听到他的声音；只是屋前小路上飘来他轻柔的足音。

漫长的白昼消磨于为他在地板上铺设坐席；灯还未点燃，我不能邀他进屋。

我生活在和他相会的希望中；但这相会还没有到来。

14

我的欲望众多，我的哭喊悲凄，但你始终以坚定的拒绝来拯救我；这强劲的仁慈已不断地渗入我的生命中。

一天天你使我与你主动馈赠的简朴伟大之礼相匹配——这天空和光明，这躯体和生命，还有心灵——把我从纵欲的深渊中拯救出来。

有时我浑浑噩噩混日子，有时清醒过来又慌手慌脚寻找方向；但在我面前，你却狠心把自己隐藏。

一天天你不断地以拒斥来考验我，将我从柔弱动荡的欲望深渊中拯救，最后配领受你完全的接纳。

15

我来这里为你歌唱。在你的殿堂里，我拥有席位的一角。

在你的世界里，我无事可做；我无用的生命只能发出漫无目的的哼唱。

当黑暗的庙堂在午夜敲响了为你默祷的钟磬，命令我吧，我的主，让我站在你面前放声而歌。

当早晨的空气中响起了金色竖琴的缕缕清音，恩宠我吧，命令我出现在你的眼前。

16

我已接到这世界庆典的请柬,这样我的生命获得了祝福。我的双眼已看见,我的双耳已听见。

在这庆典上我的工作是高歌低吟,我已竭尽所能。

现在,我问,我终于可以觐见了吗?可以瞻仰你的圣颜,献上我默默的敬意?

17

我只是在等待着爱,最终要把自己交到他手上。这就是如此迟缓的原因,而且我为这迟缓内疚。

他们带着法律和道德来捆绑我;但我总是躲开他们,为的是我只在等待着爱,最终要把自己交到他手上。

人们斥责我,称我为呆子;我并不怀疑他们责斥的正确。

集市的日子已过,忙碌的事情已做完。那些徒劳唤我的人已含怒回家,我只是在等待着爱,最终要把自己交到他手上。

18

云朵堆积着云朵,天空暗了下来。噢,爱,你为何让我孤零零地伫立在这扇门外?

正午繁忙的时分,我和众人一起劳作,但阴郁孤寂的日子我只盼望着你。

如果你不向我展现容颜，如果你把我整个地弃置在一边，那我不知如何度过这些漫长的愁雨时光。

我凝望着远方惨淡的天空，我的心随着不定的悲风哀泣徘徊。

19

如果你一声不发，我将用你的静默充斥我心并接纳它。我会安静地等候着，就像缀满星光的夜隐忍俯首。

清晨注定会到来，黑暗将消融，你的声音也会划破天空随着金光泻下来。

那么你的言辞将从我的鸟巢里一个个飞起，在颂歌里展翅翱翔，你的旋律将在我的林野里的繁花中摇曳生香。

20

莲花盛开的那个日子呀，我的心不自觉地从流漂荡，任意东西。我的花篮空空，这花儿就那么被忽略。

时而有一阵幽怨袭来，将我从梦中惊起，感觉到南风里有丝丝异香的芳踪。

这朦胧的甜美，渴望得让我心颤，它仿佛是夏日在寻求它的完满的热切气息。

我那时不知它是如此贴近，它是我的，这纯然的甜美已在我的心灵深处绽放。

21

我必须令我的小船出航。慵懒的时光在岸边流逝——让我感叹！

春天催开它的花朵，匆匆离去。现在我在满地的落花中伫立徘徊。

涛声四起，河滩朦胧的小径上，黄叶飘坠。

你凝望的是怎样的虚空！你是否感到一阵悸动，正穿过空气随着歌声从遥远的对岸飘来？

22

在淫雨七月的重重阴影里，你秘密的步履犹如午夜般的静谧，避开所有窥视的眼睛。

今天，早晨已合瞑双眸，不理会东风号啕不休的纠缠，一道厚重的帘幕遮盖了总是清醒的蓝天。

林野停息了歌声，家家门户紧闭。你是荒街上孤寂的赶路人。噢，我唯一的朋友，我的最爱，我家中的门都已洞开——不要像梦一般从门前飘过。

23

我的朋友，在这风暴之夜，你正在远方爱的旅程中？这天空像一个绝望者在号哭。

今夜无眠。我时而打开门户，向深浓的夜张望，我的朋友！

我的眼前什么也看不见。我忖度着你的路途在何处伸展！

它是在墨浓的河水那昏朦的岸旁？它是在阴郁的森林的那一边？从怎

样黑暗的深处，你的小径向我蜿蜒而来，我的朋友？

24

如果白日已尽，如果鸟儿不再啁啾，如果风儿已经吹倦，那么请用黑夜的帷幕盖上我，正如你给大地裹上睡梦的被褥，又在薄暮时分温柔地合上睡莲垂下的花瓣。

这位旅人，路途未尽，粮袋已空，衣衫褴褛，精疲力竭，你解除他的羞涩和困顿，让他的生命犹如一朵花儿在你夜色温柔的裹护之下焕然一新。

25

在这慵懒的夜中，让我自己顺服地进入梦乡，把信任托付给你。

我不能强打起精神，来敷衍应付对你的礼赞。

是你为白昼倦怠的眸子拉下夜的帘幕，让这眼神在醒来之时清新愉悦。

26

他来了，在我身边坐下，但我没有醒来。多么该死的睡眠，噢，可怜的我啊！

他在夜静时来临；他手执着竖琴，于是我的梦和着竖琴的旋律产生了共鸣。

唉，为何良宵就这样虚度？唉，为何我总是错失他的目光，而他的气息触抚了我的睡眠？

27

灯，噢，这盏灯在何方？用熊熊的愿望之火点燃它！

灯在这里，但绝无火焰闪动——这是你的命运，我的心呀！死亡对你更适合！

苦难敲击着你的门，她传示你的主人已醒来，他唤你穿越暗夜去赴爱的约会。

云天沉沉，淫雨霏霏。我不知道心灵中有何骚动——我不明白他有何意蕴。

刹那间闪电划过，在我的眼中掷下了更深的黑暗，我的心在小径上摸索着，去应和夜的音乐的召唤。

灯，噢，这盏灯在何方！用熊熊的愿望之火点燃它！雷声轰鸣，风狂啸着在空中放浪。这夜黑得就像是一块黑岩。不要让时光在黑暗中消逝。用你的生命去点燃爱之灯火。

28

罗网重重，但要挣脱时我感到心在痛楚。

自由是我想要的全部，但在盼望时我感到羞愧。

我确信无价之宝在你那里，而你是我最好的朋友，但我不忍心清除满屋的虚饰。

裹着我的丧服是灰烬和死亡之衣；我憎恶它，却充满爱怜地裹紧它。

我负债累累，我失魂落魄，我的罪孽隐秘深重；但当我祈福时，我又战栗，唯恐我的祈祷得到应允。

29

以我的名号捆绑的他在塔狱里叹息。我一直在修筑围墙;这围墙一日日地升入青天,在它昏暗的阴影下,我已看不见真实的自己。

我在这宏伟的围墙里自高自大,我用灰泥粉饰墙面,唯恐我的名号上留有些许瑕疵;我一丝不苟,我已见不到真实的自己。

30

我独自出门踏上赴约之路。但谁在暗中跟随我?

我走到一边去躲避他,但我摆脱不掉。

他在大地上趾高气扬,弄得尘土飞扬;他粗声大气地重复我说的每一句话。

他是那个渺小的自我,我的主呀,他不知羞耻;但由他伴着来到你的门前,我却惭愧无言。

31

"囚犯,告诉我,是谁捉住了你?"

"是我的主,"囚犯说,"我认为自己在世上财富和权力无人能敌,我把应付给我王的钱财堆进自己的金库。当睡意袭来,我躺倒在为我主准备的床上,一觉醒来,发觉自己已成了金库的囚徒。"

"囚犯,告诉我,是谁锻造了这坚不可摧的锁链?"

"是我自己,"囚徒说,"精心打造了这条锁链。我以为我无敌的权力可以随意支配世界。这样我不分昼夜用熊熊的火焰和严厉的锤击锻造这锁链。最后大功告成,锁链完美而牢靠,我发现它已把我捆牢。”

32

爱我的人们试图用各种方法把我抓牢。但你的爱要伟大,与他们不同,你让我自由。

唯恐我遗忘他们,他们决不冒险容我独处。日子一天天地流走,你却没有出现。

即使我不在祈祷中呼唤你,即使我不把你放在我心上,你对我的爱仍在等待着我的爱。

33

在白天时,他们走进我的宅子说:“我们在这里只需要一间小屋。”

他们说:“我们会帮助你礼拜你的神,卑顺地接受他给我们的恩赐。”然后他们退到屋角,温柔安宁地坐下来。

但到了夜晚,我发现他们冲进我的圣堂,豪强狂暴,在神坛上贪婪地攫取着祭品。

34

只要一息尚存,我就会称你是我的一切。

只要一念不灭,我就会感觉你弥漫在周围,每一件事向你祈祷,时刻献上我的爱恋。

只要一息尚存,我就决不把你藏匿。

只要那锁链还剩一点,我就接受你的意志牵制,你的意志会充满我的生命——你的爱就是这锁链。

35

在那里,心里没有恐惧,头颅高昂;

在那里,知识自由自在;

在那里,世界不会被狭隘的国家之墙割得支离破碎;

在那里,言辞发自真理的内心;

在那里,不倦的奋斗指向完美;

在那里,理智的清流不会在陈规陋习的沙漠中迷失踪迹;

在那里,心灵跟从你的领导,进入不断拓展的思想和行动——

进入自由的天堂,我的父,让我的国家醒来。

36

这是我对你的祈祷,我的主,掘出我心的困顿之根。

给我以力量,让我能轻松承受自己的欢乐和痛苦。

给我以力量,让我的爱在奉献中得到收获。

给我以力量,让我永不抛弃穷人或向强权屈服。

给我以力量,让我的心灵能超越世俗。

给我以力量,让我的力量带着爱意皈依你的意志。

37

我想我的旅程已到终点，这是我能力的极限——在我面前路已断绝，粮袋已空，归隐于幽寂的时候已到。

但我发现你的意志在我身上没有终点。当旧词在舌尖上完结，新的曼妙之音又从心中涌出；在旧路将断之处，新境界又奇迹般展开。

38

我要你，只要你——让我的心念叨这句话，永不停息。所有的日夜迷惑我的欲望，浸透了谬误和虚无。

正如夜晚隐藏在期盼光明的幽暗中，在我潜意识的深处迸发出呼声——我要你，只要你。

就像暴风雨倾全力来粉碎安宁，但最终归于安宁；我拼命叛离你的爱，但终究还是要呼喊——我要你，只要你。

39

当心灵困苦干渴时，请带着仁慈的甘露向我走来。

当生命失去祝福时，请随着欢歌而至。

当喧嚷的工作在四方震耳欲聋令我幽闭时，我的寂静之主，请伴着宁和憩息靠拢我。

当我赤贫的心灵蹲伏在屋角紧闭时，击破大门吧，我的王，请以王者的威严踏进来。

当欲望带着诱惑和尘沙来迷乱心灵时，噢，你这圣人呀，你始终警醒，请携着你的闪电和雷鸣一同降临。

40

我的神，在我不毛之地的心灵上，已有漫长的时光不见这甘露的踪影。蛮荒的赤瘠连绵到天际——没有一丝云絮在轻柔地遮掩，没有一滴来自远方清凉雨水的暗示。

如果这是你的意愿，那么就吹来愤怒的暴风雨，昏暗中带着死亡，让闪电的鞭痕震彻诸天。

但请唤回，我的主，唤回这弥漫四野的无声的酷热，它沉寂、强烈、残酷，以可怖的绝望来炙烤心灵。

让惠赐的云朵从高天降临，犹如严父狂怒时慈母含泪的凝望。

41

你躲藏在他们身后何处的阴影里，我的爱人？在满是尘埃的路上，他们将你推开走过去，视你为虚无。我在这里苦苦地等待，摆开我献给你的礼品，过往的路人一朵又一朵地拿走我的花儿，我的篮子差不多已空。

清晨已过，接着是正午。现在在薄暮的朦胧中，我的双眸昏昏欲眠。归家的人们带着微笑扫过我，让我满心羞愧。我坐在那里像个女乞，拉起裙子将脸儿遮住，当他们问我想要什么，我垂下眼睛，一句不答。

唉，真的，我怎能告诉他们我在等你，而你已应允前来。我又怎能羞愧地说我的嫁妆就是贫穷。啊，我把这份殊荣在心底里深藏。

我坐在草地上凝望天空，梦想着你来临时突现的辉煌——光华缭乱，旌旗在你的华车上猎猎飞扬。路边众人在惊诧中看着你从宝座上走下来，将我从尘埃中挽起坐在你身旁，这褴褛的女乞带着羞喜战栗，像是夏日里的藤蔓在清风中摇曳。

但时光消逝，你的车辇却悄无声息。众多的队列在喧嚣夺目中走过。难道你只愿无声地立在他们身后的阴影里？而我只能等待和哭泣，在徒劳的热望中耗尽我的心思？

42

清晨，我们私语着要去泛舟，只有你和我，这世间没人知晓我们的远游无边无际。

在茫茫的大海上，在你静听的微笑中，我的歌声将飞扬成律，自由如波涛，不受词句的羁绊。

难道时机还未到？你的劳作仍在进行？看，夜幕已降临海滨，黄昏中海鸟们正飞向窝巢。

谁知晓这锚链会何时解开，而这小船会像斜阳的最后一丝余晖，消融入暗夜？

43

那天我没有为你做好准备；你随意地进入我心房，就像一个不相识的普通人，我的王，在我生命飞逝的众多瞬间，你都盖上了永恒的印记。

今天我偶然遇到它们，看清你的印记，发现它们与我那些被遗忘的平凡日子里的欢乐和忧愁的记忆混杂，散落在尘埃中。

你不曾在轻视中转身离开我玩泥巴的童戏，我在游戏室听到的足音和在群星中回荡的相同。

44

这是我的快乐,像这样在路边坐等,看着随夏而至的云光闪变和阵雨初来。

信使们带着从奥妙诸天传来的旨意,向我致意,绝尘而去。我的心儿满藏快乐,拂面的风儿带着甜美的气息。

从拂晓到黄昏我坐在自家门前,我明白当我看到时那欢乐的时刻就会突降。

此刻我独自微笑着歌吟。此刻虚空里弥漫着允诺的暗香。

45

你没有听到他轻轻的步履?他来了,来了,不停地前来。

每一刻和每一世,每一天和每一夜,他来了,来了,不停地前来。

在纷繁的心境里我唱出了纷繁的歌,但它们所有的词语都只宣告一件事:“他来了,来了,不停地前来。”

在阳光四月的芬芳日子里,穿过密林的小径,他来了,来了,不停地前来。

在阴雨朦胧七月的夜里,驾着雷声滚滚的云霄飞车,他来了,来了,不停地前来。

在忧愁相继中,他的步履走过我的心上,他双足黄金般的触抚,让我的欢乐迸发出灿灿光芒。

46

我不知道从多么久远的时候,你就不停地走近要与我相会。你的太阳和星辰永远不能把你在我面前掩藏。

多少个清晨和黄昏,你的足音已听到,你的信使已来到我心上,悄悄地呼唤我。

我不知道为何今天我的生命完全沸腾,战栗的快感击穿我心。

仿佛结束劳作的那一刻来临,我感到空气里有你惠顾的暗香。

47

长夜将尽,我徒然等待。唯恐自己清晨疲倦入睡时他突至我门前。噢,朋友们,让开来路——不要阻挡他。

如果他的足音没有唤醒我,请不要设法把我叫起。我不希望从睡眠中被鸟儿嘈杂的鸣啾声惊醒,不希望被风儿庆祝晨光的喧闹所打扰。即使是我的主突然降临门前,也让我安睡吧。

啊,我的睡眠,宝贵的睡眠,只等他的触抚而消融。啊,我闭合的双眼只有在他微笑的光芒中打开眼帘——当他站在我面前,就像睡眠的黑暗中涌出的一个梦。

让他作为第一道光明和最初的形象,显现在我眼前。让我觉醒的灵魂感受到的第一阵惊喜来自他的一瞥。让我回归自身,也就在瞬间回归于他。

48

清早的寂静之海激荡起鸟语的涟漪;路边的花朵也随风轻舞;灿烂的金色透过云的缝隙播撒,而我们此刻行色匆匆无心顾及。

我们既不欢歌又无嬉戏;我们也不是去村镇赶集;我们一言不发又无微笑;我们不在路上踯躅。随着时光飞逝,我们的脚步愈来愈快。

太阳升到中天,鸽子在凉荫中咕咕鸣叫。枯叶在炎热的正午飘舞盘旋。在榕树荫里,牧童酣然进入梦乡,而我在水边躺下,在芳草上舒展我疲乏的四肢。

同伴们对我捧腹大笑;他们昂起头匆忙而行;他们从不回首往事也不歇息反省;他们消融在远方碧蓝的雾霭中。他们翻山越岭,经过遥远陌生的地方。所有的敬意归于你们,这些漫漫长路的英雄!嘲弄和斥责要激励我奋起,但我并无反应。在欣然接受羞辱的内心深处,在懵懂快乐的阴影里,我已绝望。

镶绣着阳光的绿荫的宁静,慢慢浸润了我心田。我已忘掉我曾游历何方,我的心灵陶然忘情于幽凉和歌吟的迷宫。

最终,当我从酣眠中醒来,睁开双眼,我看见你站在面前,用你的微笑浸染我的沉睡。我曾经多么害怕通向你的路悠长而艰辛,害怕挣扎到你的身边是如何困难!

49

你从宝座上下来站在寒舍门前。

我正在屋角独自吟唱,乐声被你听到。你走下来站在寒舍门前。

众多大师云集在你的殿堂里，无时不在欢歌。但这初学者的咿呀之声惹起了你的爱怜。一曲忧伤的小调汇入这人世的壮丽之乐，拈起一朵花儿当作奖品，你走下来站在寒舍门前。

50

我已在村路上沿门乞讨，当你的金辇像一个华丽的梦在远方突现，我诧异谁是这万王之王！

我的希望高高升起，我以为苦难的日子到了尽头，我站着等候主动的施舍和那抛撒在尘埃中的财宝。

金辇在我站立之处停下来。你的目光落在我身上，带着微笑你走下车。我感到自己生命中的幸运终于来临。接着你突然伸出你的右手说："你有什么要给我?"

啊，这是个怎样的皇家玩笑，伸出你的手掌向一个乞丐乞讨！我困惑着犹疑地站在那里，然后从口袋中慢慢地摸出一小粒玉米，递给你。

但是我多么吃惊，当一天将尽，我在地上把布囊清空，发现那堆破烂里有一小粒金子。我悲号着希望当时已把自己的一切都奉献给了你。

51

天色已暗，白昼的工作结束。我们以为最后的客人都已抵达，于是关闭村庄里的门户。只有几个人说，国王将会到来。我们大笑起来说："不，这不可能!"

门上仿佛传来叩击声，我们说这不是别的，只能是风。我们吹熄了灯躺下睡觉。只有几个人说："这是信使!"我们大笑起来说："不，这只会是风!"

死寂的夜里传来一声响动，我们迷迷糊糊地认为那是远方的轰雷。地动墙摇，袭扰了我们的睡眠。只有几个人说，这是轮辇的声音。我们睡意蒙胧地嘟哝：“不，它定是云中的雷鸣。”

鼓声响起时夜依旧黑暗。一个声音传来：“醒来！不要耽搁！”我们用手捂住心，惊恐乱颤。有人说：“看，国王的旌旗！”我们站起来大喊：“再没时间耽搁！”

国王已来了——但灯在哪里？花环在哪里？安置他的宝座在哪里？哦，羞耻呀，哦，太过羞耻！殿堂在哪里，饰品在哪里？有人说：“叫喊也没用！空手迎接他吧，把他迎进你们那徒有四壁的房屋！”

打开门户，让法螺响起！在深夜里，国王已来到我们昏暗阴沉的屋中。滚雷在天上炸响。黑暗随着闪电战栗。拿出你缀满补丁的席子铺展到院子里。在这惊心动魄的夜里，我们的国王带着风暴突然降临。

52

我想我应该向你索求——但我不敢——那挂在你颈间的玫瑰花环。这样我等到天明，当你离去，我到床前寻找几片残瓣。像一个乞儿，我在熹微的晨光中寻觅，只是为了一两片散落的花瓣。

噢，我啊，我找到了什么？你的爱留下什么标记？它不是花朵，不是薰香，不是一瓶香水。它是你的青锋宝剑，像火焰般闪亮，像雷霆般沉重。微弱的晨光跳进窗前，扑散在你的榻上。晨鸟啁啾着询问：“女人，你得到了何物？”不，它不是花儿，不是薰香，不是一瓶香水——它是你冷森森的宝剑。

我坐下来惊奇地思忖，这是你怎样的赠品。我找不到隐藏它的地方。娇弱如我，佩它太难为情，而把它放在胸前又压伤了我。但我的心仍会为这痛苦的重负而荣耀，这是你的赠品。

从此以后在这世上我不再恐惧,在我全力奋斗中你将无往不胜。你已留下死神作为我的同伴,我会用我的生命给他戴上冠冕。你的宝剑伴随我身,它将斩断我的种种羁绊,从今以后在这世上我不再恐惧。

从今以后我会扔掉那些琐碎的饰品。我心灵的主宰,我不再等待,不再向隅而泣,不再腼腆娇弱。你已把宝剑给我佩带。我不再要那些玩偶的佩饰!

53

你的手镯真靓丽,镶嵌着闪闪星辰和熠熠华光的珠宝。但在我眼中,你的宝剑更美,那弧形刀锋上变幻的光华就像毗湿奴神鸟飞翔的羽翼,完全可与如血残阳相媲美。

它颤动着,犹如生命在受到死亡致命一刺时,在痛苦迷离中最后的反应;它闪耀着,像世情焚尽时极乐烈焰的最后辉煌。

你的手镯美丽,缀满繁星般的宝石;但是你的剑啊,噢,雷霆之主,是锻造出的美之极致,看到或是想想都让人敬畏。

54

我不向你请求任何东西;我不向你的耳说出我的名字。当你离去,我默默地站着。我独立在树影扶疏的井旁,妇女顶着汲满的陶罐回家。她们唤着我,叫道:“来,和我们一起,清晨已尽,正午将至。”但我抑郁徘徊,沉浸于朦胧的冥想中。

我没有听到你来临的足音。你的眼眸望着我时含着忧伤,低语时你的声音带着疲倦——“啊,我是一个干渴的旅人。”我从白日梦中惊起,从我的水罐倾出清泉,倒进你掬起的手掌。树叶在头顶沙沙作响;布谷鸟在看不见的暗处鸣啭,弯弯的小径上飘来胶树花朵的芬芳。

当我的名字被你问起时,我默默地含羞而立。真的,我为你究竟做了什么值得让你记住?但我能让你喝水解渴的回忆,将萦绕在我心头,把它包裹在甜蜜中。清晨的时光已过,鸟儿已倦于鸣唱,楝树的叶子沙沙作响,我端坐着,遐思绵绵。

55

忧思缠绕你的心头,沉睡压住你的双眼。

荆棘里鲜花正怒放,这消息没有传到你那里?醒来,噢,醒来吧!不要让年华白白地流逝!

古朴荒凉的乡野上,一条石路尽头,我的朋友孤寂地坐着。不要哄骗他。醒醒,噢,醒来吧!

倘若正午的阳光会让天空悸颤——倘若烈焰腾起的沙漠会抖开它干裂的斗篷——难道在你心底仍毫无快感?你的每一个足音,仍不会让道路的琴弦迸发出痛楚的乐音?

56

就是这样,你的快乐充满我的内心。就是这样,你下来走到我身边。噢,你这诸天的主宰,如果没有我,你的爱洒向何方?

你让我分享你所有的财富。在我心中,你的欢愉彰显无尽。在我生命里,你的意志永会实现。

为了这个,你这万王之王把自己装扮来虏获我的心。因而你的爱消融在情人的爱之中，你以彼此的完美结合显现在那里。

57

光明，我的光明，充盈世界的光明，亲吻眸子的光明，甜润心灵的光明！

啊，爱人呀，光明在我生命的中心舞蹈；爱人呀，光明拨动着我爱的琴弦；天门洞开，风儿呼啸而出，笑声拂过大地。

蝴蝶在光明之海上展开航程。百合与茉莉在光明的浪尖上翻涌。

光明在每一朵云上散落成金，爱人呀，光明抛撒下无数的珠玉。

喜悦在树叶间蔓延，爱人呀，欢乐无从度量。天河淹没了它的堤岸，欢乐的洪水四方横溢。

58

让所有欢乐的旋律融入我最后的歌中——那让大地在芳草无际的狂喜里流淌的欢乐，那让生与死这对孪生子在寥廓中舞蹈的欢乐，那带着大笑荡涤一切、摇撼和惊醒所有生命的欢乐，那含泪静坐在痛苦盛开的红莲上的欢乐，那不知所谓把一切都掷向尘埃的欢乐。

59

是的，我知道，这不是别的，只是你的爱，噢，我心里的爱人——这在树叶上嬉闹的金光，这从高天上滑过的流云，这拂过我额头留下凉意的清风。

晨光涌进我的眼眸——那是你送给我心灵的讯息。你的脸庞俯看下来，你的眼下望着我的眼，我的心触摸到了你的双足。

60

在茫茫人世间的海边,孩子们相会在一起。辽阔的天空静凝顶上,不安的海水汹涌澎湃。在茫茫人世间的海边,孩子们叫着跳着相会在一起。

他们用沙土筑起小屋,他们用空贝壳游戏。他们将落叶编成他们的小船,微笑着把它们放流远洋。在人世间的海边,孩子们有自己的游戏。

他们不知道如何游水,他们不懂如何撒网。采珠者潜水采集珍珠,商人们乘着商船逐利航行,而孩子们把卵石捡拾又抛掉。他们不去寻找隐秘的宝藏,他们不懂如何撒网。

大海欢笑着涌起浪花,海滩闪烁着苍白的微笑。带来死亡的波涛对着孩子们无谓地呢喃,甚至像母亲正在摇晃婴儿的摇篮。大海与孩子们一起玩耍,而海滩上闪烁着苍白的微笑。

在茫茫人世间的海边,孩子们相会在一起。暴风雨在无路的天空上游荡,船儿在无轨的海上碎裂,死亡在四周弥漫,而孩子们在玩耍。在茫茫人世间的海边,孩子们欢聚在一起。

61

那掠过小宝宝眼眸的睡眠,可有人知道它来自何方?是的,传说它的小屋在林荫环绕的仙乡,那里萤火明灭,还悬挂着两朵迷人的羞涩的花苞。它是从那儿飞来亲吻小宝宝的眼眸。

当小宝宝熟睡时,那轻拂他唇角的微笑,可有人知道它诞生在何方?是的,传说新月的一个鲜亮的嫩尖触抚了一朵正在消融的秋云的边,于是在一个沐浴朝露的晨梦中微笑第一次萌动——那微笑在小宝宝熟睡时轻拂他的唇角。

那从小宝宝肢体上绽发出的甜香暖味,可有谁知道它曾深藏在何方?是的,当妈妈还是一位少女时,它就以温柔宁和的爱的神秘弥散在她的心田——那甜香暖味在小宝宝的肢体上绽发。

62

当我带给你五彩斑斓的玩具时,我的孩子呀,我明白了水里、云端为何会幻化出那许多色彩,为何花儿都用色彩妆扮——就在我给你带来五彩斑斓的玩具时,我的孩子。

当我歌唱着让你跳舞时,我体味出为何树叶间有音乐声声,为何波涛把它的合唱声送达那专注倾听的大地的心间——就在我歌唱着让你跳舞时。

当我带来糖果放到你那渴求的小手上时,我知晓了花儿的杯中为何盛着蜜汁,为何水果里悄悄包满甜美的浆液——就在我把糖果放在你那渴求的小手上时。

当我亲吻你的脸蛋让你微笑时,我的宝贝,我理解了晨光中天空泻下的是怎样的欢畅,夏日的清风拂过我的身体是怎样的愉悦——就在我亲吻你让你微笑时。

63

你使不相识的朋友们认识了我。你让我在别人家中拥有一席之地。你使疏远变得亲近,让异乡人变成兄弟。

当我不得不离开久住的老宅,我的心怔忡不安;我忘了新居中住的仍是故人,而且那里还有你。

穿越诞生和毁灭,此岸和彼岸,无论你引领着我去往何处,是你,都是你,我永恒生命的唯一伴侣,用欢喜的纽带把我的心与陌生人连在一块。

当人们知晓了你,那就不会再有异乡人,那就不会再有紧闭的门。噢,接纳我的祈祷,让我在众生的游弋中永不失去与你相连的福祉。

64

在荒寂河岸的草丛深处,我问她:“女孩,你用纱披罩着灯要去哪里?我的屋子漆黑寂寞——把你的灯借给我吧!”刹那间她抬起乌黑的眼,透过暮色看着我的脸。

“我已来到河边,”她说,“当日光西隐之时,让我的灯随波漂流。”我独立在深草丛里,眺望着她那明灭的灯火在浪涛间无望地一沉一浮。

在夜色四合的静谧中,我问她:“女孩,你的灯都已点燃——那么你要带着你的灯去哪里?我的屋子漆黑寂寞——把你的灯借给我吧。”她抬起乌黑的眼望向我的脸,迟疑地站了一会儿。“我已来了,”她最后说,“把我的灯献给天国。”我站着,仰望着她的灯在空无中无用地燃烧。

在子夜无月的黑暗中,我问她:“女孩,你摸索着把灯贴近心头要做什么?我的屋子漆黑寂寞——把你的灯借给我吧。”她停了一下,想了想,在暗中盯着我的脸。“我已带上我的灯,”她说,“去参加花灯会。”我站立着,看着她的小灯盏无益地消失在重重灯火里。

65

我的神,从我这满溢的生命之杯中,你要啜饮怎样神圣的酒液?

我的诗人，透过我的双眼去赏鉴你的造化、静立在我的耳孔上聆听你自己的永恒和声——是你的快乐吗？

你的世界在我的心里编织诗语，你的欢乐给诗语谱上乐曲。你在爱中把自己交给了我，然后在我这里去感受你自己完美的甜美。

66

曾隐藏在我生命深处那灵智闪动的交合处的她；从不在晨光中掀起面纱的她，我的神，我要用最后的献歌把她妆裹，把她作为最终的献礼给你。

求爱的言语没有赢取她的芳心；诱惑展开热情的双臂也是徒劳。

我把她珍藏在心中游走世界；我生命的荣枯也随之起伏。

她统领着我的思想、行动和睡梦，可她却独自住在别处。

许多人叩击我的门来探寻她，却在绝望中转身离去。

世上从未有人见过她，她在她的孤寂中等待你的悦纳。

67

你是天空，你也是归巢。

噢，美丽的你，在巢窠里有你用色彩、声响和味道裹护住灵魂的爱。

那里的清晨来时，右手提着金篮，带着美的花冠，轻悄地为大地加冕。

那里的黄昏来时，越过牧人遗弃的荒原，穿过车马绝迹的小径，用金罐带来静谧的西海上和平的清凉。

但在天空无限伸展供灵魂任意翱翔的地方，满满都是无瑕的白光。那里既无白昼又无黑夜，既无形体又无色泽，而且永远、永远都没有言语。

68

你的阳光舒展手臂来到我的大地上，而且整整一天站在我的门边，要把我的眼泪、叹息、歌声凝成的云朵带回到你的足下。

带着愉悦，你把多愁善感的云朵斗篷披在缀满星辰的胸膛上，晃动出无数的形态和皱褶，渲染上变幻不尽的光色。

它是那样轻灵，那样延绵、柔软，而且含泪而阴郁，这就是你为何垂怜它。噢，你无暇而安详。这就是它为何能用可怜的云影遮掩你那威严的光芒。

69

就是这日日夜夜在我血脉里奔腾的生命之流，也在这世界上奔腾，在韵律里起舞。

就是这同样的生命，欢快中从大地喷涌而出，穿透土壤化作青草漫漫，并迸发出花叶的浪涛。

就是这同样的生命，在潮起潮落间被生与死的海之摇篮所晃动。

我感到我的肢体由于这生命世界的触抚而荣耀。我骄傲，因为多少世代的生命脉动此刻在我的血液中舞蹈。

70

你不能随着这欢乐的旋律而欢乐吗？不能为了这极尽欢乐的漩流沉醉、迷失而且消融吗？

大千万象奔腾激荡，它们不停息，它们不回头，没有力量能把它们挽住，它们奔腾激荡。

踏着永不休止、灵妙敏捷的音乐步履，季节舞蹈而来，又翩翩而去——色彩、音调，还有芬芳在丰饶欢乐中倾注成奔泻不尽的瀑布，每一瞬间都在溅落、衰竭、消逝。

71

我应当珍视自己，向四面显扬，在你的光辉中投射彩影——这是你的幻境。

你在自身里设起隔障，而后用各异的曲调调度分割开的你自己。你的这一个分身已居留在我的体内。

动人的歌声穿越诸天，回荡在多彩的泪珠和微笑、恐惧和希望中；潮起潮落，梦破梦圆。在我这里，你征服着你自己。

这被你卷起的帷幕上用昼和夜的笔刷绘着无数的花样。在它后面的你的宝座，是用奇异美妙的曲线织就，弃绝了平白的直纹。

你我的华丽庆典映满天空。诸天因你我的歌声而悸动，时光在你我的找寻中流逝。

72

是他，那最深奥的，用他深隐的触抚唤醒我。

是他，把他的魅力放在这眼上，欢快地在我心弦上奏出种种哀乐的音调。

是他，用闪动的金银蓝碧之光织就梦幻的丝网，让他的足从褶皱里伸出，在他的触抚下我忘记自己。

岁月穿梭，永远是他，以不同的名号、各异的形貌、众多的苦乐来打动我的心。

73

在隔绝中我不需要救赎。在欢愉的千般束缚中我感到自由的围绕。

你永远为我倾倒色香迥异的新酒,把这陶土的酒碗注满。

我的世界将以你的火焰点燃它众多不同的灯盏,然后供奉在你寺庙的祭坛前。

不,我永不会关上感知的大门。看到听到触摸到的愉悦中会含带着你的愉悦。

是的,我所有的幻想会化作欢乐的光芒,我所有的愿望会长成爱的果实。

74

白昼已尽,暮色笼罩大地。是我到河边去灌满水罐的时候了。

傍晚的空气随着水流的凄音透出切望。啊,它召唤我出来走入黄昏中。孤寂的小路上杳无人迹,清风乍起,河里波光处处。

我不知道是否应该回家。我不知道会与谁邂逅。在那边的浅滩上泊着的小船里,一个陌生人正拨弄他的诗琴。

75

你赐给我们世人的礼物满足了我们所有的需要,而且返回到你那里又分毫不减。

河流有它每日的工作，匆匆穿过田野和村庄；但不绝的水流是为了洗濯你双足。

花儿用香味染甜空气；但它最终是要把自己奉献给你。

供奉你不会使世界枯竭。

从诗人的言辞中，人们找寻让他们快乐的意味；但最终的意味却是你。

76

一天天过去了，噢，我的生命之主，我能与你面对面地站立吗？把双手合十，噢，诸天之主，我能与你面对面地站立吗？

在你的长天下，在肃穆寂静中，带着一颗颤抖的心，我能与你面对面地站立吗？

在你艰辛的世界里，激动伴着劳作和奋斗，在匆忙的人流里，我能与你面对面地站立吗？

当我在这世上做完一切工作，噢，万王之王，在独自无声中，我能与你面对面地站立吗？

77

我把你当我的神，就站立在一边——我不知道你就如同我自己，应走到近旁。我把你当作我的父，就跪拜在你脚下——我没有把你当作朋友，握住你的手。

我没有站在你要降临并把你自己当作我的那个地方，那里我应用我的心去拥抱你，把你当作我的同道。

你是我众兄弟之中的兄弟，但是我没有理会他们，没有与他们分享我的所得,以为这样才能与你分享我的一切。

在欢乐和悲苦时,我没有站在人们那边,以为这样才可以靠近你。我害怕舍弃我的生命,但因此却不能汇入无垠的生命之海。

78

创世之初,繁星闪耀着最初的光辉,众神在天上集会歌唱:“噢,完美的画卷! 完美的欢乐!”

但一个神灵突然喊道——“光链中仿佛缺失了一环,有颗星消失了。”

他们诗琴的金弦戛然而断,歌声中止,在惊愕中他们大叫——“是的,那消失的星是最亮的一颗,她是诸天的荣耀!”

从那天起,对她的找寻就从未停止,众神传说,这世界因为失去她而失去了一种欢乐!

只有在夜半寂寂时,星星们才微笑着彼此低语——“这找寻根本徒劳!无缺的完美正笼罩一切!”

79

如果命运让我此生不能与你相遇,那么让我永远感到错失你的青睐——让我片刻不忘,让我梦里梦外都承受悲伤的剧痛。

当我的日子在尘世嘈杂的集市消磨殆尽,我的双手攥满一天的收利,让我永远感到什么也没得到——让我片刻不忘,让我梦里梦外都承受悲伤的剧痛。

当我坐在路边,疲倦不堪,喘息不停,当我在尘土里铺开被褥,让我永远感到前面尚有漫漫的旅途——让我片刻不忘,让我梦里梦外都承受悲伤的剧痛。

当我的屋子装饰一新，笙歌四起，笑语喧阗，让我永远感到我没有邀请你到我的屋中来——让我片刻不忘，让我梦里梦外都承受悲伤的剧痛。

80

我宛若深秋的一朵残云，漫无目的地在天空飘荡，噢，我的光耀永恒的太阳！你的触抚仍不能让我消融蒸发，让我与你的光明合为一体，因此我仍计数着离开你的岁月。

如果这是你的愿望，如果这是你的游戏，那么收留我这游走的空无，给它染上颜色，镀上金辉，让它在狂风中飘浮，把它铺延成各种奇观。

要是你乐意在夜里了结这场游戏，我会在黑暗里，或是在黎明的微笑中，在纯净透明的清凉里融化消散。

81

在许多无所事事的日子里，我为流逝的时间感伤。但它绝没有流逝，我的主。你把我生命的每一个瞬间都攥在手中。

你隐于万物的心里，滋养种子发芽，花蕾绽放，孕育花朵结出果实。

我倦怠了，倒在躺椅上入眠，想着一切劳作已停歇。清晨惊起，发现我的花园居然开满鲜花。

82

时间在你手中是无穷无尽的，我的主。没有人数得清你的分分秒秒。

日夜轮转，世代盛衰犹如花开花落。你知道如何去等待。

你的几个世纪依次去雕琢一朵小小的野花。

我们没有时间去懈怠，而且因为没有时间，我们必须争取我们的机会。我们太匮乏了，所以不能耽搁。

因此当我把时间给与每一个急于索取之人时，时间匆匆流逝，最后你的神坛上空空如也。

白昼将尽，我匆匆赶来，唯恐大门已闭，但我发现那里的时间仍有余裕。

83

万物之母，我要把自己忧伤的泪珠串成珠链挂在你的颈上。

星星做出光之脚镯来装饰你的双足，但我的要悬佩在你的胸上。

财富和名望源自你，由你赐予或拒给。但这忧伤绝对属于我自己，当我把它奉献给你时，你把恩惠馈赠予我。

84

分离的苦痛弥漫世上，在无尽的天际里有无数种体现。

就是这种苦痛整夜无言地凝望群星，然后在七月淫雨的幽暗里，在瑟瑟的树叶声中幻化成浓情的天籁。

就是这种极尽弥散的苦痛，深化为爱和愿望，成为人间的痛苦和欢愉；就是它总是通过我这诗人的心，融化喷涌为一曲曲行吟的歌谣。

85

当众武士刚从主人的大殿出来时，他们的威力隐藏在哪里？他们的盔甲和刀枪又在哪里?

他们看起来可怜无助,他们从主人的大殿出来时,雨点般的飞箭射向他们。

当武士们重新回到主人的大殿时,他们的威力隐藏在哪里?

他们放下宝剑,搁下长弓;祥瑞之气缭绕他们的前额,他们列队回到主人大殿的那天,他们已把生命的果实留在身后。

86

死神,你的仆人,正站在我门前。他跨越不可知的海洋,带着你的召唤来到我家。

夜色晦暗,我心恐惧——我仍擎着灯盏,打开我的门,向他鞠躬表示欢迎。那是你的信使站在我门前。

我会含着热泪、双手合十向他礼拜。我将把心中的珍宝供奉在他的足下,向他礼拜。

完成了使命,他就会回去,在我的晨光里留下一个黯淡的阴影;而在我荒弃的家中,只留下一个孤苦的我作为最后的祭品。

87

在最后的希望里,我在房间的所有角落里搜寻着她;我没有发现她。

我的房间很小,而且任何东西一旦丢失就永难寻觅。

但你的广厦无边,我的主,为了寻找她,我来到你的门前。

我站在你那落日熔金的苍穹下,抬起我那热切的眼仰望你的圣颜。

我来到了永生的边缘,这里什么都不会消逝——不论是希望、幸福,还是透过泪珠看到的脸。

噢，把我这空洞的生命浸入这海中，投入最深的完满里。让我在这宇宙的完整中感受一次已逝去的甜蜜触抚。

88

这破败寺院里的神啊！七弦琴的断弦不再为你唱诵。晚钟宣告的不再是敬拜你的时间。你四周的空气沉滞而寂静。

在你的荒芜处所里，到来的是游荡的春风。它带来花儿的讯息——这些供奉你的花儿如今不再被呈献。

你那些老迈流离的崇拜者仍期盼还未赐予的恩宠。在黄昏时，当光影明灭在昏朦的尘埃里，他那倦怠的身体带着满心的渴望回到破败的寺院。

节日在静默中来到你这里，这破败寺院里的神啊。礼拜的夜晚也在未燃起的灯盏间离去。

许多新的神像由巧夺天工的大师建起，当他们的末日来临时，又会被投入遗忘的圣河。

只有这破败寺院里的神，无人尊崇地遗留在无尽的漠然中。

89

我不再高谈阔论——这是我的主的旨意。从此以后我悄声低语。我的心会用喃喃的歌吟倾诉。

人们匆忙赶到国王的市场。所有的买卖人都汇集在一处。但正午时我已提前走掉，那时交易正忙。

让花儿在我的园中盛开，尽管现在不是开花时节；让正午的蜜蜂奏响嗡嗡的眠歌。

我曾把许多时间耗费在善与恶的争战里，但现在是我空闲时玩伴的欢乐引着我的心去他那里；我不知道这突然莫名而来的召唤带来的是怎样无谓的结局！

90

当死神敲响你的门的那一天，你会奉献出什么？

噢，我会在客人面前献上斟满我生命的酒杯——我决不会让他空手离去。

我在金秋和夏夜酿造的所有美酒，我忙碌的生命所有的收入和珍藏，在死神敲响我的门的那一天，我生命终结之日，我会把这一切奉献于他的面前。

91

噢，你是生命最后的亲证，死神，我的死神，走近前来对我说些悄悄话吧！

一天接一天我翘首企盼你；为你我承受着生命的欢欣和惨痛。

我的一切，我拥有的一切，我的希望和我全部的爱都在最隐秘处向你奔涌。你的眼睛最后一瞥，我的生命就将永远属于你了。

花朵已编织停当，花环已为新郎备好。婚礼之后，新娘会离开她的家园，在深浓的夜中与她的主人单独相见。

92

我知道这个日子终要来临，当尘世从我的眼中消失时，生命将在宁静中离去，在我的眼前拉上最后的幕帘。

但星星仍将在夜里守候，晨光依旧照常升起，时光动荡，犹如海浪，造就欢欣和忧伤。

当我想到我时间的终结，这时间的界限也就碎裂，我在死亡的光耀下看到你那满是珍宝的世界。罕见的是那里有那么低贱的成员，罕见的是那里有那么卑微的生命。

那些我徒劳追求的和我已得到的——任由它们去吧。让我真正拥有那些我曾藐视和忽略的东西吧。

93

我已获准离开。永别了，我的兄弟们！我向你们全体鞠躬，我上路了。

我把我门上的钥匙奉还——我放弃了对宅子的一切权利。只希望你们最后说些善意的话。

我们做了很久的邻居，我得到的要多过付出。现在已是黎明时分，屋角昏暗的灯已燃尽。召唤已至，我准备开始我的旅程。

94

分别的时刻，我的朋友们，祝我好运！天空上霞光万道，我的前程似锦。

不要问我带了什么到那边去。我只带着一双空空的手和一颗满怀期待的心启程。

我会戴上婚礼的花冠。我穿的不是红棕色的旅服，尽管前路关隘重重，但我的心儿毫无畏惧。

旅途将尽时，昏星升起，王宫中奏响了晚歌的哀音。

95

当我第一次跨入此生时，我并不知晓。

是什么力量将我释放进入这无尽的神秘，犹如蓓蕾在午夜的林中绽开！

清晨我仰望光明的那一刹那，我感到在世上我不再是个陌生人。那无名无形的不可思议者以我母亲的形象用双臂抱着我。

同样如此，死亡这同样不可名状之物也以熟悉的面容向我显露。因为我挚爱这生，我明白我也要一样热爱死。

妈妈把右乳拿开，婴儿就啼哭出声，但马上发觉左乳也是他的抚慰。

96

当我离去之时，让这作为我的离别辞，那就是我所见到过的无与伦比。

我已尝过深隐在光明之海上那盛放的莲花中的甜蜜，因此我获得了祝福——让这作为我的离别辞吧。

我已在大千万象的游戏室中有过嬉戏，我已看到了无以名状的他。

我的肢体因难以接触的他的触抚而战栗；如果终结来临，就让它来——让这作为我的离别辞吧。

97

当我和你一起游戏时，从未问过你是谁。我不懂羞涩和胆怯，我的生命活泼喧闹。

清晨你把我从睡眠中叫醒，犹如亲密的朋友，领着我在林间穿来穿去。

在那段时光里，我决不细究你向我哼唱的歌曲有何意义。只是我的声音和着你的节拍，我的心随着你的旋律起舞。

现在游戏结束了，怎样的情景突降我眼前？天地和静默的群星肃然而立，屈从地垂下眼睛望着你的双足。

98

我会用战利品、我胜利的花环来装饰你。放弃征服的逃跑在我这里永不存在。

我确知我的荣耀定会败北，我的生命会在剧痛中冲破它的束缚，我一无所有的心会像空空的芦秆儿一样呜咽，顽石也会融为泪水。

我确知莲花的层层花瓣不会永远闭合，那深藏的花蜜终将袒露。

蓝天上会有一只眼睛望着我，在静默中引领我。什么都不会留下，无论是什么，在你的足下我将领受绝对的死亡。

99

我放下舵盘，我明白是你拿走它的时候了。该做的事情要马上做完。挣扎是徒劳的。

那么放下你的手，默默地表明你的失败吧，我的心呀，你能安坐在原来位置上当是你的运气。

我的这些灯盏被缕缕清风吹熄，为了点燃它们，我一再把其他事情忘在脑后。

但这次我会变得聪明，在地板上铺开我的席垫，在昏黑中等候；当你兴之所至，我的主，悄悄地过来坐下吧。

100

我潜入有形之海的深处，希望获得无形的完美宝珠。

我不再乘凋敝的老船从一个港口驶向另一个港口。我在浪尖弄潮的日子过去已久。

现在我渴求死亡，进入永生。

我拿起生命的竖琴，穿过不可测度的深渊，来到回荡着平常弦乐的厅堂。

我要永远与这节律相和，当它呜咽出最后的音符时，我就把无声的竖琴放在你静默的足边。

101

在我的生命中我一直用歌声寻求你。是你引领我走过一道又一道门，在他们中间我感觉到自己，寻找着、触摸着我的世界。

是我的歌声教授我曾经学过的课程；它们向我展示秘径，它们把我心灵地平线上的星辰带到我眼前。

它们整日引领我去往痛苦和欢欣的神秘国度，最后，在我旅途尽头的黄昏，它们会把我带到哪一座宫阙的大门呢？

102

我在众人面前夸耀自己认识你。他们在我的作品中看到了你的画像。他们跑来问我："他是谁？"我不知道如何回答他们。我说："真的，我说不出来。”他们斥责我，轻慢地走开。而你却坐在那里微微发笑。

我把你的故事写进永恒之歌。秘密从我心中奔涌而出。他们跑来问我：“告诉我你所有的含意。”我不知道如何回答他们。我说：“啊，谁知道那些有何含意！”他们笑着，极度轻慢地走开。而你却坐在那里微微发笑。

103

在我向你礼拜时，我的神，让我的感知四处漫溢，在你的足下抚摸这个世界。

像七月一朵湿润的云，满含着未降的雨水低垂下来，让我的整个心灵在向你礼拜时伏向你的门槛。

让我所有的颂歌汇集万千旋律化作洪流，在向你礼拜时，汇入寂静的大海。

像思乡的鹤群日夜兼程飞向群山环抱的鸟窠，让我的全部生命在向你礼拜时，开始它的旅程，重回它永远的家园。

园　丁　集

译者感言

从上一年暮春到现在，一年的劳作终于结束！

这一年来，大多数时间都投在这本诗集的翻译工作里，其间颇费心思。不知道该用什么词语来描述整个过程中的感受——最多的是像手捧珍宝一样小心翼翼，但时有情不自禁的喜悦透出来，好多次又想抓住谁读给他听。

当然也有重重困难。

首先是泰戈尔先生的作品精妙绝伦，每一语、每一词都那么妥帖，而且意思深远，需要反复咀嚼琢磨。很多时候，一个词要长时间斟酌，屡次更改。幸好是用电脑，改起来不留痕迹，否则一张纸恐怕早已涂花。

再者是前辈们的译作实难超越。几十年前，初读泰戈尔先生的诗歌，就是看郑振铎、冰心等先生的作品，经久品诵已浸润心田。这次从原作下手直接翻译，难免会觉得大有挑战。能顺畅进行的主要动力是多年来内心的喜爱、体会和领悟，而且脚下又有那么坚厚的基石。所以虽是高山，仍想攀越。

就这样且走且驻地把最初计划的八个月延为一年，完结时又遇春风拂面。

窗外迎春绽放，柳枝萌绿，晴空朗朗。好一片明澈的景致，恰似泰戈尔先生的诗,或者确切地说,是其中的一些境界。如果真要做比喻,也只好把泰戈尔先生的诗作比为光焰变幻的金刚石,永难参透。

不过,却暗求自己的努力能化为缕缕清风,飘散开来,为大家的阅读生活添些意趣。又恐不自量力,深有忐忑。

王　立

1

奴仆：我的女王，请对您的奴仆施恩吧！

女王：聚会已散，我的奴仆们都已离去。你为何这样迟来？

奴仆：您与其他人的事情了结后，就轮到我。我来请求的是留给您最后的奴仆去做的事。

女王：这么晚了，你还能指望什么？

奴仆：请让我去您的花园做个园丁吧。

女王：这是怎样一个痴傻的愿望？

奴仆：我要放下手中的其他活计。

我这就将我的长矛佩剑弃之于尘。请别打发我去疏远的宫廷，请别命我去踏上新的征程。但求您让我去您的花园做个园丁。

女王：你的职责该是什么？

奴仆：服侍您度过悠闲时光。

我要让您清晨散步的草径清新，您的双足步步都受到甘愿舍命的鲜花的赞美和相迎。我会在七叶树的枝叶间摇荡您的秋千，黄昏的月亮会使劲儿透过叶梢亲吻您的裙裾。我会为您卧榻边的油灯添上香油，我会用檀香木和藏红花膏在您的脚垫上绘饰奇妙的图样。

女王：你想得到怎样的奖赏？

奴仆：只求您准许我握住您那宛若娇嫩莲蕾的粉拳，将花链套上您的臂腕；准许我以无忧花的花瓣榨就的红红花汁来涂染您的足底，吻去碰巧落在那儿的点点纤尘。

女王：我的奴仆，你的祈愿我准许了，你来做我花园的园丁吧。

2

“啊，诗人，暮色渐近，你的头发在变花白。”

“在你孤单的冥想中，你可听见了来世的音讯？”

“正是黄昏，”诗人说，“而我在静听，或许村中会有人呼喊，尽管夜深。”

“我观望着那年轻迷茫的心灵是否相遇，两对热切的眼睛是否企盼乐音打破他们的静默，替他们诉说衷肠。”

“倘若我坐在人生的岸边冥想着死亡和来世，谁又来编写他们的激情之歌？”

“早升的晚星隐匿了。”

“丧葬堆的光焰在寂静的河边渐渐熄灭。”

“残月的幽光下，豺狼在荒宅的院落里齐声嗥叫。”

“倘若有位彷徨者弃家出走，来这儿守夜，垂着头聆听沉沉夜色的呢喃，而倘若我在自闭门户试图挣脱尘世的羁绊，谁又来向他私语那生命的奥秘？”

“我头发变花白只是件琐事。”

“我始终和这村庄里最年轻的人一样年轻，和最年长的人一样年长。”

“有人的微笑甜蜜淳朴，有人的眼中却闪着狡黠之光。”

“有人在日光里泪如泉涌，有人的泪珠却在阴暗处悄然滑落。”

"他们全都需要我,我没有闲暇去思忖来世。"

"我和每个人都是同龄,即便我头发变花白那又何妨?"

3

清晨我把渔网撒入大海。

我从黑寂的深渊里拉上来一些别样的美物——有的如笑靥般发光,有的如泪珠般闪耀,有的如新妇的双颊般红润。

当我背负着一天的收获还家时,我的爱人正坐在花园里闲散地撕扯花叶。

我踌躇片刻,便将我捕捞的一切堆放在她脚边,静默而立。

她瞥了一眼说道:"这是些什么古怪物什?我不明白它们有何用处!"

我羞愧地低头暗想:"我没有为它们争斗,也没有从集市上购得,它们不配送给她做赠礼。"

于是整夜里我将这些东西一件又一件地掷向街头。

清晨路人到来,他们捡拾起捎去了遥远的异乡。

4

唉,他们为何将我的屋子搭建在通往集镇的路边?

他们将载满货物的小船系泊在我的树旁。

他们任意地来去游逛。

我坐看着他们,我的时间消逝。

我不能将他们驱逐。我的光阴就这样流走。

他们的足音在我门前日夜回荡。

我徒劳地喊道:“我不认识你们。”

其中有些为我的手指所知,有些与我的鼻子相识,我的血脉似乎了解他们,而有些被我的睡梦认出。

我不能将他们驱逐。我招呼他们:“谁想来我的屋子就请来吧。是的,来吧。”

黎明,钟声在寺庙里撞响。

他们手提着篮筐过来。

他们的双足玫瑰般艳红。拂晓的晨光映照在他们脸上。

我不能将他们驱逐。我招呼他们:“到我的园子里来采摘鲜花吧。请来这儿吧。”

正午,锣声在宫殿门口敲起。

我不知晓他们为何搁下活计在我的树篱边徜徉。

他们发际的花朵已褪色凋谢,他们横笛里的曲调也已倦怠。

我不能将他们驱逐。我招呼他们:“我的树荫凉爽怡人。来吧,朋友们。”

夜晚,蟋蟀在林中唧唧鸣叫。

是谁呀,他慢步走到我门前轻叩门环?

我隐约看见了他的脸庞,没有言说,周遭是天国的寂静。

我不能将我缄默的宾客驱逐。透过黑暗我看着他的脸庞,于是流走如梦的光阴。

5

我忐忑不安。我渴望远方的万象。

我的心灵在企盼中出走，想去触摸幽暗远方的边缘。

噢，来生，噢，你笛声里的激昂召唤！

我忘记了，我总是忘记，我没有飞翔的双翅，我在这处所被永远地圈囿。

我焦灼不眠，我是身在他乡的异客。

你的声息向我呢喃着一个无望的希冀。

你的言语为我的心儿所懂，犹如是它自己的一样。

噢，我所探求的远方，噢，你笛声里的激昂召唤！

我忘记了，我总是忘记，我不识路途，我没有飞马。

我忧心忡忡，我是自己心中的游子。

在倦怠时刻的日霭里，你在天国的湛蓝中显现的是多么广博的幻景！

噢，极尽的终结，噢，你笛声里的激昂召唤！

我忘记了，我总是忘记，在我独居的屋子里，处处都是门扇紧闭！

6

驯服的鸟雀栖息在笼里，自由的鸟雀飞翔在林间。

当时辰到来它们相遇，这是命运注定。

自由的鸟雀叫着："我的爱侣啊，让我们飞往林中。"

笼中的鸟雀低语："进来吧，让我俩在笼里过活。"

自由的鸟雀说："在围栏中，哪有展翅的空间？"

"哎呀，"笼中的鸟雀哀鸣道，"在云天上我不知该去哪儿栖息。"

自由的鸟雀说:“爱人,唱起绿林之歌吧。”

笼中的鸟雀说:“栖在我身旁吧,我教你说有教养的语言。”

自由的鸟雀叫着:“不,不! 歌儿永远不能教授。”

笼中的鸟雀说:“我真是可悲呀,我不会唱绿林之歌。”

他俩的爱情因企盼而更加炽烈,但他俩永不能比翼双飞。

隔着围栏他们相对,相知的愿望只是徒劳。

他们在思慕中扑扇着双翅鸣唱:“再靠近些吧,我的爱侣!”

自由的鸟雀叫着:“不能呀,我惧怕这紧闭的笼门。”

笼中的鸟雀低语:“唉,我的双翅没有力气不能用啊。”

7

啊,妈妈,年轻的王子要经过我家门前——今晨我怎能安心干活?

教教我该怎样绾起发髻,说说我该身着哪件衣衫。

你为何吃惊地看着我,妈妈?

我深知他不会抬眼看我的窗口,我知道转瞬间他将走出我的视野,只留下那渐弱的笛音远远地朝我啜泣。

可是年轻的王子将要经过我家门前,那时刻我要身着我最美的衣衫。

哦,妈妈,那年轻的王子的确经过了我家门前,朝阳从他的车辇上闪耀着光芒。

我把面纱从脸上掀起,我将红宝石项链从颈上扯下抛在他的路上。

你为何吃惊地看着我,妈妈?

我深知他未曾拾起我的项链,我知道它被他的车轮碾压成尘埃中的一块红斑,无人明了我把怎样的礼物献给了谁。

可是年轻的王子的确经过了我家门前，而我也曾将我胸前的珠宝抛撒在他的路前。

8

当我床边的灯盏熄灭时我与晨鸟一同醒来。

我坐在打开的窗前，松散的发丝戴着鲜艳的花环。

年轻的旅人在玫瑰色的朝雾中沿路而来。

珠串挂在他颈间，旭日的光辉倾泻到他的桂冠上。他在我门前驻足，用急切的呼声问我："她在哪里？"

万般羞愧我难以开口："她就是我，年轻的旅人，她就是我啊。"

已是黄昏，还未上灯。

我心慌意乱地编着发辫。

在夕阳的绚烂中，年轻的旅人驾车而来。

他的马儿口喷白沫，他的衣衫蒙上尘土。

他在我的门前下车，用倦乏的声音问道："她在哪里？"

万般羞愧我难以开口："她就是我，劳顿的旅人，她就是我啊。"

正是四月的晚上。灯盏在我屋中点燃。

南来的和风轻柔地吹拂。叽喳的鹦鹉在笼中沉睡。

我的衷襦有着雀翎般的色泽，我的披肩像草一样青翠。

我坐在窗前的地上守望着冷落的街头。

在深深的夜色中我不断呢喃："她就是我，沮丧的旅人，她就是我啊。"

9

当我深夜里孤身幽会时,鸟儿不鸣,风儿止息,房舍静默地立在街道两旁。

是我自己的脚镯越走越响让我羞怯。

当我坐在我的露台上谛听他的足音,树叶没有沙沙作响,河中的流水沉静得如同酣睡哨兵膝上的刀剑。

是我自己的心儿在狂跳——我不知怎样才能让它安静。

当我的爱侣到来坐在我身旁,当我身体颤抖眼睑低垂,夜色更深,风吹熄了灯盏,浮云给群星蒙上轻纱。

是我自己胸前的珠宝在闪亮发光。我不知该如何去掩藏。

10

放下你的活计吧,新娘。听啊,宾客来了。

你可听见,他在轻轻地摇动那门上的锁链?

当心别让你的脚镯发出声响,在接迎他时不要步履匆匆。

放下你的活计吧,新娘,宾客披着暮色来了。

别怕,这不是阴风,新娘,别惊惶。

这满月恰在四月的夜晚。庭院里月影疏浅,头顶上夜空清朗。

用面纱遮住你的容颜吧,若是你觉得必要;举着灯去开门吧,若是你心里害怕。

别怕,这不是阴风,新娘,别惊惶。

倘若你怕羞就不用和他说话,你接迎他时就站在门边。

倘若他向你发问,倘若你愿意,你就垂眼不语。

当你手持灯盏引他进门时,别让你的臂环叮当作响。

倘若你怕羞就不用和他说话。

你的活计还没做完,新娘?听啊,宾客来了。

你尚未点亮牛舍里的灯盏?

你尚未备好晚祷时的供篮?

你尚未在发际中点上红红的吉祥痣,尚未梳理好晚妆?

啊,新娘,你可听到,宾客已来?

放下你的活计吧!

11

你就这样来吧,别在装扮上耽搁。

即使你的发髻有些松散,即使你的头发没有分匀,即使你衷襦的丝带没有系紧,都不用在意。

你就这样来吧,别在装扮上耽搁。

来吧,步履轻快地踏过草地。

即使露珠化掉了你脚上的胭脂,即使你足踝上的铃环松散,即使你项链上的珍珠脱落,都不用在意。

来吧,步履轻快地踏过草地。

你可望见阴云遮蔽了天空?

群群野鹤从远处河滩冲天而起,疾风刮过灌木丛生的荒原。

惊恐的牛群奔逃回村中的畜棚。

你可望见阴云遮蔽了天空?

你徒劳地点燃晚妆的灯盏——它摇曳着在风中熄灭。

谁会辨出你的眼睫没有抹上灯黑?因为你的双眸比湿云还要黑亮。

你徒劳地点燃晚妆的灯盏——它熄灭了。

你就这样来吧,别在装扮上耽搁。

即使花环尚未编好,谁会在乎;即使手链尚未扣紧,由它去吧。

天空布满阴云——时候已晚。

你就这样来吧;别在装扮上耽搁。

12

倘若你要忙着将水罐盛满,来吧,那就到我的湖上来吧。

湖水会萦绕在你足边潺潺诉说它的隐衷。

沙滩上倒映着骤雨欲来的阴影,云雾悬浮在黛绿的林带上,真像你眉梢上的浓密发丝。

我深谙你步履的节奏,它们敲打在我的心头。

来吧,到我的湖上来啊,若是你定要将你的水罐盛满。

倘若是你要舒懒闲坐,任你的水罐在水面漂浮,来吧,到我的湖上来吧。

草坡青翠,野花繁盛。

你的思绪会从你乌亮的眼眸里飞走,就像鸟儿离了巢。

你的纱披会滑落脚边。

来吧,到我的湖上来啊,若是你定要闲坐。

倘若是你要停下嬉戏跳入水中,来吧,到我的湖上来吧。

让你蓝色的斗篷留在岸上,这蓝色的湖水会包裹你、隐藏你。

清波将踮起脚尖来吻你的脖颈,并在你耳边窃窃私语。

来吧,到我的湖上来啊,若是你想跳入水中。

倘若是你偏要痴狂跃向死亡,来吧,到我的湖上来吧。

湖水冰凉,深不可测。

湖水深暗,宛如无梦的酣眠。

在湖的深处昼夜合一,喧嚣就是沉寂。

来吧,到我的湖上来啊,若是你要跃向死亡。

13

我别无他求,只愿站在林边的树后。

睡意还残留在拂晓的眼上,空气中满是露水。

漉湿青草的慵懒味道飘浮在地面的薄雾里。

榕树下,你用双手挤牛奶,那手儿如凝脂般柔嫩。

而我只是默默地站立着。

我没有作声。是栖隐于密林中的鸟儿在歌唱。

芒果树正在村路上撒播花朵,蜜蜂一只只嗡嗡飞来。

池塘边湿婆的寺庙门大敞着,祭拜者已开始诵经。

你将罐儿搁在膝上挤牛奶。

我拿着我的空桶站立着。

我没有走到你近前。

天空随着寺庙里的铜锣声醒过来。

道上的尘埃被驱赶的牛群从蹄下扬起。

汩汩作响的水罐抱在腰间,女人们从河边走回来。

你的手链叮叮当当,乳沫满溢出罐口。

晨光消逝,而我却没有走到你近前。

14

我沿路漫步,不知所为,此时正午已过,竹枝在风里萧萧。

横斜的日影用它们伸出的臂膀揽住时光匆忙的脚步。

杜鹃鸟已唱倦。

我沿路漫步,不知所为。

水边的小茅屋被低垂的树枝遮蔽。

是谁在忙着干活,在角落里响起她环佩叮当的乐音。

我在小茅屋前驻足,不知所为。

弯曲狭窄的小径穿过大片芥菜地和重重芒果林。

它经过村庄的寺庙和渡口边的集市。

我在这小茅屋前停下来,不知所为。

多年前,一个和风轻舞的三月天,阳春慵懒地咕哝着,芒果花坠落在尘土上。

细浪跃起轻拍着立在渡口台阶上的黄铜罐。

我想起那个和风轻舞的三月天,不知所为。

日影渐暗,牛羊回栏。

凄清的草场上天色苍茫,村民在河岸边等候着渡船。

我步履迟缓地往回返,不知所为。

15

我像一只因自身香味而疯癫、在林荫里狂奔的麝鹿一样疾驰。

这夜晚是五月中旬的夜晚,柔风是南方吹来的柔风。

我迷失了自己的道路,我在徘徊。

我寻觅着我得不到的,我得到的是我没有探求的。

从我心房冲出舞蹈的是我自己愿想的影像。

这微光闪烁的幻形飞逝而去。

我试着把它牢牢紧握,它避过了我,又将我引入歧途。

我寻觅着我得不到的,我得到的是我没有探求的。

16

手儿相牵,眼儿相恋;就这样开始了我们心路的历程。

在三月里的月明之夜,空气中满是凤仙花的芳香,我的横笛遗落在地上,而你的花环也没有编好。

你我之间的这爱简单如歌。

你藏红的面纱使我双眼痴迷。

你为我编织的茉莉花环像奖赏般令我心颤动。

这是一个欲赠还留、若隐若现的游戏;有些许微笑,些许羞怯,些许甜蜜的半推半就。

你我之间的这爱简单如歌。

没有现实以外的神秘,不强求奇迹,魅力后面没有阴影,不用在黑暗深处摸索。

你我之间的这爱简单如歌。

我们没有背离所有的言辞进入永远的沉默,我们没有把手举向虚空以求奢望之物。

我们付出的和我们获取的已足够。

我们未曾极尽欢乐而从中榨出苦难之酒。

你我之间的这爱简单如歌。

17

嫩黄的鸟儿在自己的树上歌唱,令我的心欢悦起舞。

我俩同住一个村庄,这是我们的一份快乐。

她宠爱的一对小羔羊来到我们园中的树荫下吃草。

它们若是在我的麦地里迷路,我就将它们抱在怀里。

我们的村庄名叫康加那，我们的小河人称安加那。

我的名字村里无人不晓，她的芳名叫兰加娜。

只有一块田地隔在我俩之间。

在我家林中筑巢的蜜蜂飞到她家那边去采蜜。

从她们河埠落水的花朵顺流漂到我们沐浴的这边。

一篮篮的干红花从她们的地头携到我们的集市上。

我们的村庄名叫康加那，我们的小河人称安加那。

我的名字村里无人不晓，她的芳名叫兰加娜。

通向她家的那条曲折小巷，春天飘荡着芒果花的芬芳。

她家的亚麻籽到了收获的时候，我家地里的大麻正在放花。

在她家屋顶上微笑的繁星，也一样对我家闪耀。

从她家池塘里漫出的雨水，也令我家的迦昙树林欢喜。

我们的村庄名叫康加那，我们的小河人称安加那。

我的名字村里无人不晓，她的芳名叫兰加娜。

18

当这姐妹俩去打水时，她们走过这里，她们微微一笑。

她们必定意识到，每逢她们去打水，那人便站在树后凝望。

姐妹俩路过这里时，她们低声耳语。

她们必定猜到这个秘密，每逢她们去打水，那人便站在树后凝望。

当她俩走到这里时，她们的水罐猛然倾斜，水泼洒出来。

她俩必定发现，每逢她们去打水，那站在树后凝望的人的心正乱跳。

当她们走到这里时，姐妹俩相视一笑。

她俩敏捷的步子中带着调笑，每逢她们去打水，那站在树后凝望的人，必定为她俩神魂颠倒。

19

你走在河边小路上，腰间是满满的水罐。

为何你忽然转过脸来，从你飘起的面纱下向我偷望？

这悄悄投给我的一瞥，好像柔风，吹皱涟漪又掠入幽岸。

它投向我，像黄昏的鸟儿，轻快地从敞开的窗间穿梭过没有掌灯的屋室，然后消失在暗夜里。

你神秘如群山后的星辰，而我是路上的过客。

可是为何你停下片刻，在你走过河边小路、腰间是满满的水罐时，要透过面纱扫视我的脸？

20

一天一天他来了又走开。

去吧，将我头上的簪花送给他，我的朋友。

若是他问起送花的人儿是谁，我求你别告诉他我的名字——因为他来了又要走开。

他坐在树下的土地上。

用繁花密叶在那儿铺个座位吧，我的朋友。

他的眼神忧伤，它们把忧伤带进了我心底。

他没有说他的心思；他只是来了又走开。

21

他为何愿意走到我的门前，这青春的游子，在天将破晓之时？

每当我经过他身旁，我的目光便被他的容颜吸引。

我不知该同他交谈还是不作声。他为何愿意走到我的门前？

七月里多云的夜晚漆黑一团，秋天的晴空柔嫩碧蓝，南风把春日吹得情迷意乱。

他每次用新曲唱诵他的歌谣。

我不想再做活计，满眼迷茫。他为何愿意走到我的门前？

22

当她快步地走过我身旁，她的裙边拂过了我。

从心中不知名的小岛上，突然飘来一阵春的暖香。

触抚的迷乱掠过我心转瞬即逝，仿佛撕落的花瓣被风儿吹散。

它落在我心上，好像她娇躯的叹息和芳魂的呢喃。

23

你为何坐在那儿，懒懒地将手镯弄得叮当作响？

把你的水罐盛满。该是你回家的时候了。

你为何闲散地用手搅着水玩儿，还不时地望向路人？

盛满你的水罐回家去吧。

晨光流走——暗夜之水涌上来。

波涛相互间悠闲地浅笑低语。

游云在远方高地上的天际聚会。

它们慵懒地徜徉着看着你的脸儿微笑。

盛满你的水罐回家去吧。

24

我的朋友，不要将你心中的秘密深藏！

说给我听吧，只说给我，悄悄地。

你笑起来这样温柔，说话轻声细语，不是我的耳朵，而是我的心儿将来倾听。

夜色深浓，庭院静谧，雀巢也被睡梦包裹。

透过迟疑的泪水，透过犹豫的浅笑，透过甜蜜的羞怯和痛楚，把你心底的秘密说出来吧！

25

“到我们这边来吧，年轻人，实话告诉我们，为何你的眼神里流露着迷狂？”

“我不清楚我痛饮了怎样的野罂粟花酒，让我的眼神里有这样的迷狂。”

“啊，真不知羞！”

“好啦，有人智慧有人呆傻，有人谨慎有人粗心。有的眼中笑意盈盈，有的眼中哭哭啼啼，而我的眼中是迷狂。”

“年轻人，为何你站在树荫下这样沉静？”

“我的双脚因承受着心灵的重负而乏倦，于是我在树荫下静立。”

“啊，真不知羞！”

“好啦，有人一路前行，有人四处游荡，有人自由自在，有人锁链加身，而我的双脚因承受着我心灵的重负而乏倦。”

26

“出自你甘愿之手的舍予我都接受。我不再乞求其他。”

“好的，好的，我明白，谦恭的乞儿，你乞求的是一个人的所有。”

“倘若你给予我一朵残花，我也要将它戴在心头。”

“可假如那花带刺呢？”

“我愿意承受。”

“好的，好的，我明白，谦恭的乞儿，你乞求的是一个人的所有。”

“倘若你抬起爱眼看我的容颜，即使一次，也会让我的生命甜美到死亡之后。”

“假如那只是让人心痛的一瞥呢？”

“我会让它们刺穿我的心房。”

“好的，好的，我明白，谦恭的乞儿，你乞求的是一个人的所有。”

27

“相信爱情吧，即使它带来伤悲。不要将你的心扉紧闭。”

“啊，不，我的朋友，你言语闪烁，我听不明白。”

“心儿只是为了随着一朵泪花和一曲歌谣被送出，我的爱人。”

“啊，不，我的朋友，你言语闪烁，我听不明白。”

“欢乐像露珠般娇弱，展颜时它便跌落。但悲哀却坚韧耐久。让伤怀的爱情在你眼中苏醒吧。”

“啊，不，我的朋友，你言语闪烁，我听不明白。”

“莲花在阳光里绽放，失去了它的所有。在永恒的冬雾中，它将不再含苞。”

“啊，不，我的朋友，你言语闪烁，我听不明白。”

28

你探究的目光含着哀愁。它们要探明我的心意，犹如月亮想要揣测海的深邃。

我已将我的生命从始至终地袒露在你眼前，毫无隐藏或保留。这就是你不懂我的缘由。

倘若它仅是一方珍宝，我定能将它破成千百颗珠玉并串起挂在你颈上。

倘若它仅是一朵鲜花，圆润娇小甜美，我定能从枝头将它摘下插在你的发间。

可它恰是一颗心儿，我的爱侣。哪儿才是心的边缘和底线?

你不知晓这个王国的疆界，可你依旧是它的女皇。

倘若它仅是刹那的欢情，它会在舒心的笑颜中绽放，而你会顿时看到并明了。

倘若它仅是一阵疼痛，它会消融成晶亮的泪珠，不用言语就能映出它最深处的隐秘。

可它是爱情，我的爱侣。

它的欢娱和苦难无边无际，它的匮乏和富足无穷无尽。

它和你如此贴近，就像你的生命，可是你永难将它完全知晓。

29

说给我听吧，我的爱侣！用言语向我说明你所唱的是什么。

夜色漆黑，群星隐没在云中，风在树叶间悲鸣。

我愿将发丝松散，让黛蓝的衣袍像午夜一样把我紧紧包裹。我愿将你的头紧贴在我胸口，任那甜美的寂寞在你心头喃喃诉说。我会闭目聆听。我不会悄望你的脸。

待到你的话儿说完，我俩会静坐无言。只有那林中的枝叶在幽暗中私语。

夜色渐褪，天将破晓。我们看着彼此的眼，然后踏上我们不同的路途。

说给我听吧，我的爱侣！用言语向我说明你所唱的是什么。

30

你是夜的流云，在我的梦空里飘浮。
我总是用爱的渴望来描绘你。
你独是我的，独是我的，栖居在我无边梦乡中的人啊！

你的双足被我心愿的容光染上了玫瑰的艳红，捡拾我夕阳之歌的人啊！
我痛楚的酒令你的唇苦中有甜。
你独是我的，独是我的，栖居在我荒凉梦境中的人啊！

我以激情的影遮暗了你的眼，萦绕在我凝望深处的人啊！
我抓住了你，缠绕着你，我的爱侣，就在我音乐的罗网间。
你独是我的，独是我的，栖居在我不灭梦幻中的人啊！

31

我的心，这林野之鸟，在你双眼中看到了蓝天。
它们是清晨的摇篮，它们是群星的国度。
我的歌咏迷失在它们的深处。
让我只在那天空翱翔，在它寂寥的浩瀚里。
让我只穿破那云朵，展翅在它的阳光下。

32

告诉我这是否全是真的，我的爱人，告诉我这是否当真。

当这眼眸闪射出电光，你胸中的乌云就会以风暴作答。

是否我的唇真如初恋的花蕾那样甘甜？

那消散了的五月的回忆，可是依然在我的肢体上缠绵？

大地宛若一架竖琴，可会因我双足的触抚而颤动成歌？

那么是真的吗，当看见我时，露珠会从夜的眼中滑落，晨曦会因环绕我的身体而欢愉？

是真的吗，是真的吗，你的爱情为了寻到我而独自穿过世代红尘？

而当你终于找到我时，你长久的期盼在我的软语中、在我的眼里、在我的唇上、在我飘荡的发间，体味到完满的宁和？

那么“无限”的神秘可是真会写在我娇小的额头上？

告诉我，我的爱人，这是否全是真的。

33

我爱你，心爱的人儿。请宽恕我的爱情。

就像一只迷途的飞鸟，我被抓住。

我的心在颤抖时失掉了它的罩纱而裸露。爱人，用怜爱遮蔽它吧，并请宽恕我的爱情。

若是你不能爱我，爱人，就请宽恕我的心痛。

千万不要远远地斜眼看我。

我会悄悄地退回我的角落坐在暗中。

用双手捂住我赤裸裸的羞愧。

转过脸去吧，爱人，再请宽恕我的心痛。

若是你爱我，心爱的人儿，请宽恕我的欢喜。

当我的心被幸福的洪流裹走，别笑我狂野的纵情。

当我坐在我的王座上，用我专横的爱情来统治你时，当我像女神亲临恩赐你时，原谅我的骄傲吧，爱人，也宽恕我的欢喜。

34

不要走，我的爱人，不要不辞而别。

我整夜守望，而此刻我的眼因困倦沉沉。

我唯恐睡去时失去了你。

不要走，我的爱人，不要不辞而别。

我惊起，伸出双手去触抚你。我问自己："这是梦么？"

愿我能用我的真心缠住你的双足，将它们紧紧抱在怀中！

不要走，我的爱人，不要不辞而别。

35

唯恐我太容易了解你，你故意捉弄我。

你用嬉笑的炫光使我盲目，以掩饰你的泪花。

我明白，我明白你的花招，

你从未说出你的心里话。

唯恐我不珍爱你，你想方设法地躲避我。

唯恐我把你与众人混淆，你站到一边。

我明白，我明白你的花招，

你从未走你该走的路。

你的心愿比别人更多，所以你才缄默。

你用看似无心的玩笑来躲开我的赠礼。

我明白，我明白你的花招，

你从不愿接纳你想要的东西。

36

他低语："我的爱人，抬起眼吧。"

我厉声斥责他，说道："走开！"可他一动不动。

他站在我的面前，握住我的双手。我说："放开我！"但他没走。

他的脸贴近我的耳根。我盯着他说："真无耻！"但他没有移开。

他的唇亲到了我的腮上。我战栗着说："你好大的胆！"可他并不知羞。

他将一朵鲜花簪在我发间。我说："枉费心机！"可他站着没动。

他从我的脖颈上摘下花环就离开了。我流着泪问我的心："他为何不回来？"

37

"你能将你鲜艳的花环戴在我的颈上么，美丽的女郎？"

"但是你要明白，我编那个花环是献给众人的，是献给那些一闪而过的人，献给僻居蛮荒的人，献给生息在诗人歌吟里的人。

“要求我的心来回报你的心已经太迟。

“曾几何时，我的生命像一朵待放的花蕾，它全部的芳香都蕴藏在花心里。

“此刻它已四散远扬。

“谁知晓那能把它重聚和封藏的魔法？

“我的心儿不许我将它独赠一人，它要赠予众人。”

38

我的爱人，曾经有一天，你的诗人在他心里投下宏大的史诗。

唉，我一不小心，让它碰到你叮当作响的踝铃，引发了愁悲。

它碎裂成诗歌的断简残篇，撒落在你足下。

我所有的远古大战的故事都被嘲笑的声浪倾覆，被泪水浸泡而沉没。

我的爱人呀，你要把这些损失化为我的好处。

倘若我难以追求死后不朽的美名，那就让我生时成仙。

而我将不再为这损失悲恸，也不会责怪你。

39

我花费整个早上想编好一串花环，可是花儿却一朵朵滑落。

你坐在那儿用窥探的眼角偷偷看我。

问问那对乌亮顽皮的眼睛，这是谁的过错。

我想唱歌，可是唱不出来。

隐约的笑容在你唇间颤动;你向它询问我失败的缘由吧。

让你浅笑的双唇发个誓言,证明我的歌声如何迷失在静默里,宛如一只在莲蕊中陶醉的蜜蜂。

入夜了,该是花瓣合拢的时候。

准许我坐在你身边,吩咐我的双唇做那在寂静中、在群星的幽光中可做的事情吧。

40

你眼中闪过疑惑的微笑,当我来向你道别时。

我这样做的次数实在太多,你以为我不久又会重归。

说实话,我心中也有与你同样的疑虑。

只因春日更迭再来,圆月别后又访,花儿年年返回枝头绽放,就像我和你道别,只是为了再回你身旁。

可是把这幻影保留片刻吧,别粗暴地匆忙将它驱赶。

当我说我要与你永诀时,且当真把这话接受,让泪水的迷雾暂时加重你黑色的眼眶。

而当我重归,再任你恣意地调笑吧。

41

我渴望对你说出我必须说的最深情的话语,但我不敢,怕你嘲笑。

所以我笑话自己,并将我的秘密在戏谑中摔碎。

我将我的痛楚轻描淡写,因为怕你会这样做。

我渴望告诉你我必须说的最真挚的话语，但我不敢，怕你不相信。

所以我将它们装假，讲着违心的意思。

我让我的痛楚显得荒谬，因为怕你会这样做。

我渴望用我最珍贵的话语来赞美你，但我不敢，担心我得不到相应的报答。

所以我给你取了刻薄的绰号，以炫耀我的铁骨无情。

我伤害你，因为怕你永远不懂痛楚。

我渴望静静坐在你身旁，但我不敢，唯恐我的心儿会脱口而出。

所以我轻松地谈天说地，并把我的真心藏到话语后面。

我粗鲁地对待我的痛楚，因为怕你会这样做。

我渴望从你身旁走开，但我不敢，怕我的懦弱显露让你看到。

所以我扬起头来满不在乎地来到你面前。

从你眼中频掷的锥刺让我的痛楚永新。

42

啊，发狂的无与伦比的醉汉，

假如你踢开自己的家门，在众人面前装傻；

假如你一夜间掏空衣袋，对谨慎打着响指；

假如你踏上荒诞的路途，与无益嬉戏，

不顾忌节律和理智；

假如你在风暴来临时扬起风帆，你将船桨折成两段，那我就紧跟着你，我的伙伴，一起酩酊大醉滑向堕落。
我在沉稳聪明的邻居中虚度年华。
一大堆见识让我满头霜发，多余的关注使我两眼昏花。
经年累月我积攒起繁杂琐事：
碾碎它们，在上面跳舞，再将它们随风抛散。
因我深知酩酊大醉滑向堕落正是智慧的峰巅。

让所有扭曲的顾虑消失吧，让我绝望地迷路。
让一阵旋风滚来，将我连铁锚一起刮走。
这世上住着智叟和愚公，有用又聪慧。
有人雍容地走在前面，有人体面地跟随其后。
让他们幸福发达，而让我愚笨无用。
因我深知酩酊大醉滑向堕落正是所有劳作的终结。
此刻我誓将所有欲求让给谦谦君子。
我将学识的荣耀和真理谬误的判别统统抛开。
我要砸碎记忆的陶罐，泼洒最后的泪滴。
我会沐浴在红浆果酒的泡沫中，令我笑容光耀。
我要把礼仪和沉着撕扯成碎片。
我会郑重起誓做个无用之人，要酩酊大醉滑向堕落。

43

不，我的朋友，我决不做一个苦行僧，随你怎么说。
若是她没和我一起受戒，我决不做一个苦行僧。
这就是我顽强的决心，若是我不能找到一座阴凉的寺庙和一同忏悔的伴侣，我决不做苦行僧。

不，我的朋友，我决不离开我的炉灶和家室，退隐到密林——假如绿荫中没有欢笑在悠悠回荡；假如没有藏红的披纱在风里飘动；假如寂静不会因轻柔的耳语而变得深浓。

我决不去做一个苦行僧。

44

尊敬的长老，宽恕这一对罪人吧。

今日春风狂野旋舞，卷走落叶尘土，而你的教诲也随之消退。

长老，请别说生命本是虚空。

因我们曾一度和死神休战，在短暂的温馨时光里，我俩得到永生。

即使国王的军队来残暴地抓捕我们，我们也会悲伤地摇头说，弟兄们，你们打扰了我们。倘若你们非要玩这喧闹的游戏，请到别处去撞响你们的刀剑。只因我们恰在这转瞬即逝的片刻里达到永生。

倘若友善的人们过来把我们围住，我们会谦逊地向他们鞠躬致意，这份荣幸令我们受之有愧。在我们寓居的无垠天宇间没有多少空隙。因为春光里繁花挨挨挤挤，蜜蜂忙碌的细翅摩摩擦擦。这只住着我们两个仙人的小天堂，过于狭小可笑。

45

对那些非要离去的宾客，祈求神让他们快走，然后清除他们的一切踪迹。

将轻松、简单、亲昵的微笑都揽入你的怀里。

今日是那些不知何时而终的幻象的佳节。

让你的欢笑只为无谓的喜悦，犹如涟漪闪耀的光芒。

让你的生命像露珠悬在叶尖，在时光的边缘轻快起舞。

在你竖琴的琴弦上奏响短促无定的节奏吧。

46

你离开我踏上了自己的路途。

我以为我会为你悲恸，还会在我心中安放用金色诗篇铸就的你寂寞的身影。

可是呀，我的运气坏，光阴短暂。

青春一年年地褪色，春日易逝，娇弱的花儿无缘由地枯萎，智者告诫我，生命只是莲叶上的一滴甘露。

难道我应忽视这一切，只是凝望着她离去的背影？

那会莽撞又愚笨，因为光阴短暂。

那么，来吧，伴着急促足音的我的雨夜；微笑吧，我金灿灿的秋天；来吧，无牵挂的四月，到处抛撒你的飞吻。

你来吧，还有你，当然还有你！

我的情人们，你们知道我们是凡人。为了那个心儿已去的人而心碎，这明智吗？因为光阴短暂。

多么美妙啊，坐在屋角冥想，把我的世界中的你们全都写入韵律。

多么勇敢啊，克制住自己的苦难，决不接受哀怜。

但一张鲜嫩的容颜从我门前飘过，抬起她的眼睛望向我。

我不得不揩拭去泪珠，改换我歌曲的乐调。

因为光阴短暂。

47

要是你愿意这样，我就停止歌唱。

要是让你心儿荡漾，我会把我的目光从你脸上移开。

要是在你走路时惊吓到你，我会走到一旁另辟蹊径。

要是在你编织花冠时让你慌乱，我会躲过你孤独的花园。

要是溅起的水花任性嬉闹，我不会荡舟靠近你的堤岸。

48

把我从你甜蜜的束缚中放出来吧，我的爱人！不再要亲吻的美酒。

这薰香的浓雾窒息我心。

打开门，让晨光进来。

我迷失在你之中，包裹在你爱抚的怀抱里。

让我从你的魅力中逃脱，还我男人气概，使我能把自由的心奉献给你。

49

我抓住她的手，把她紧拥在胸前。

我要用她的可爱填满我的怀抱，用吻掠走她的甜笑，用我的眼眸啜饮她幽幽的青睐。

啊，但是，它在何处？谁能从天空淬炼出湛蓝？

我想去捕捉美；它避过了我，只留下蜕壳在我手心。

困惑又厌烦，我退了回来。

身体如何能碰触那唯有灵魂才能触抚的鲜花？

50

爱啊，我的心日夜渴望与你相见——因为这会面犹如死亡吞噬一切。

像风暴一样席卷我；夺去我的一切；撕开我的睡眠，摘走我的美梦。从我这里掠走了我的世界。

在那场劫掠里，在赤裸的灵魂里，让我们在华美中融为一体。

啊，我这无望的相思！我的神，除了在你这里，还有哪里能成全这融为一体的希望？

51

那么唱完这最后一首歌，就让我们离开。

忘记这夜晚吧，当这夜已不再。

是谁，我曾想抱紧在怀里？梦幻永难被征服。

我渴求的双手把虚无拥向心头，而它撞伤了我胸口。

52

为什么灯盏熄灭？

我用斗篷护住它为它挡风,这就是灯盏熄灭的缘由。

为什么花儿凋谢?

我用滚烫的爱把它拥向我心怀,这就是花儿凋谢的缘由。

为什么泉水枯竭?

我拦起堰堤让它为我所用,这就是泉水枯竭的缘由。

为什么琴弦断裂?

我强拨出一个它力不能胜的音符,这就是琴弦断裂的缘由。

53

为何你看着我令我羞怯?

我来这里可不是一个乞丐。

只是为了消磨时光,我才站在你花园尽头的篱笆外。

为何你看着我令我羞怯?

一朵玫瑰我都未曾从你园中采过,也没有摘下一枚果子。

我只是谦卑地站在路边的树影下,每一个异乡的旅人都可以在这里歇脚。

一朵玫瑰我都未曾从你园中采过。

是的,我的双足疲倦,骤雨倾泻。

风在摇曳的竹叶间呼啸。

云在天空里飞快地溃逃。

我的双足疲倦。

我不明白你如何看待我或者你在门口等候谁。

闪电迷眩了你守望的眼。

我怎样才知你能看到站在昏暗中的我?

我不明白你会如何看待我。

白昼已尽,雨水停歇。

我离开你花园尽头的树荫和这草地上的坐处。

天色昏暝;关上你的门;我去了。

白昼已尽。

54

你带着你的篮子匆匆要去哪里,在这迟暮里,集市散尽?

他们都挑着担子已归家;月亮从村树上向下窥探。

唤船的回声越过漆黑的水面飘荡到远处野鸭酣眠的沼泽地。

你带着你的篮子匆匆要去哪里,当集市散尽?

睡眠已把她的手指抚在了大地的眼上。

鸦巢已归于宁静,竹叶的呢喃悄无声息。

从田野归家的劳作者,把垫席在庭院里铺开。

你带着你的篮子匆匆要去哪里,当集市散尽?

55

你离开时,恰是正午。

烈焰当空。

你离开时,我已做完我的工作,独坐在阳台上。

风缕缕吹来,带来远方田野的味道。

树荫里的鸽群咕咕不断,一只迷途的蜜蜂在我房中嗡嗡地诉说远方田野的消息。

村庄在正午的炎热里昏睡。道路横亘着空寂无人。

树叶的沙沙声阵阵,忽起忽落。

我凝视着天空,把我熟知的一个名字织进那湛蓝,当村庄在正午的炎热中昏睡。

我忘记编起我的发丝,慵倦的风在我面颊上戏弄它。

在树荫笼罩的堤岸下,河水静静地流淌。

懒洋洋的白云一动不动。

我忘了编起我的发丝。

你离开时,恰是正午。

路上尘土滚烫,田野在喘息。

鸽子在密叶间咕咕。

你离开时,我正独坐在阳台上。

56

我是那些忙于平庸家事的众多女人中的一员。

你为何单单拣选我,把我从日常生活的荫蔽里带出来?

未表露的爱是圣洁的,它像宝石一样在心灵深处闪耀。在昭然的日光下，它看起来可怜黯淡。

啊，你撕裂了我心灵的护围，把我悸颤的爱拖到空地，永远摧毁了它藏身的幽隐角落。

别的女人还和从前一样。

没有人窥探到她们的隐秘，而她们也不知道自己的秘密。

她们轻松地调笑和抽泣、闲聊和劳作。每日她们赶往庙堂，点燃她们的灯盏，去河里打水。

我渴望我的爱能从这无遮拦的颤抖羞愧中被拯救，但你转开了你的脸。

是的，你的路在你面前延展，但你却砍断了我的归途，把我赤裸地留在这圆睁眼眸日夜瞪视着我的尘世前。

57

我折了你的花朵，啊，世界！

我把它拥向心头，那刺儿伤了我。

日已昏黄，天色暗黑，我发现花朵已零落，但疼痛仍在。

更多的花儿会带着芳香和娇艳拥到你面前，啊，世界！

但我采拥花儿的时间已过，在昏朦的夜晚我失去了我的玫瑰，唯有痛苦在延续。

58

清晨的花园里,一位盲女走来,向我献上莲叶覆着的花环。

我把它环绕在颈上,泪珠涌入我的眼眶。

我吻着她说:"你像花儿一样没有知觉。

"你自己不知道你的礼物有多么美丽。"

59

噢,女人,你不仅是神亲手捏造,而且是人的佳作;他们总是从心灵里赋予你美丽。

诗人用金光灿灿的幻想之丝为你织布,画家给你的形体以永远的鲜妍。

海洋奉上了珍珠,矿山献出了黄金,夏天的花园以鲜花来装扮你、包裹你,使你变得更娇贵。

人类的心愿在你的青春上洒满辉煌。

你一半是女人,一半是梦幻。

60

在生活的奔腾汹涌中,啊,美丽,被镌刻在石岩中,你静默无言,孤独决然。

伟大的时光在你的脚下恋恋不舍,咕咕哝哝:

"说吧,对我说吧,吾爱;说吧,我的新娘!"

但你滔滔的话语封冻在石头里,啊,凝固之美啊!

61

安静些，我的心，让这分别的时刻甜美动人吧。

让它不是寂灭，而是完满。

让爱融在记忆里，痛楚化为歌吟。

让凌空的飞翔以归巢敛翼来收场。

让你手儿的最后触抚如晚花般柔软。

啊，美丽的结局，静立一会儿，在沉寂中说完你最后的言辞。

我向你致意，并举起我的灯盏来照亮踏上路途的你。

62

在梦乡迷蒙的小径上，我追寻着前世的爱恋。

她的房子在一条荒街的尽头。

晚风中，她宠爱的孔雀在栖木上昏睡，鸽子们在角落里沉寂。

她把她的灯盏安放在门边，然后站在我面前。

她抬起她的大眼睛望着我的脸，无声地询问："你好吗，我的朋友？"

我想回应，可是我们的言语已被遗落忘却。

我反复思索。我们的名字却难上我心头。

泪珠在她眼里闪烁。她向我伸出她的右手。我握着静默而立。

我们的灯火在晚风里摇曳熄灭。

63

旅人,你必须走吗?

夜晚静谧,黑暗熟睡在森林上。

我们的楼台灯火通明,繁花鲜妍,青春的眼眸仍在闪亮。

你离去的时候到了吗?

旅人,你必须走吗?

我们不曾用乞求的臂膀捆缚你的双脚。

你的门是敞开的。你的马披着鞍具站在门边。

如果我们要阻止你的旅程,只有用我们的歌声。

我们想要你回头,只有用我们的眼眸。

旅人,我们无望地挽留你。我们只有自己的泪水。

是怎样不羁的火焰在你眼里燃烧?

是怎样无休止的狂热在你血脉中奔涌?

是怎样的呼声在暗夜里催促你?

是怎样可怖的符咒被你从夜空的群星中读出?黑夜带着这封缄的密讯潜入你的心灵,无声异样。

如果你不爱欢乐的聚会,如果你亟需安宁,疲倦的心啊,我们会扑灭我们的灯火,止息我们的琴声。

我们会在黑暗中树籁的萧萧声里静坐,倦怠的月儿会在你的窗上洒下清辉。

噢,旅人,是怎样的无眠精灵从子夜的心里触弄了你?

64

我在路上滚烫的尘埃里度过我的白日。

此时,在傍晚的阴凉中,我敲响一家客栈的门。它已荒弃成废墟。

一株坚韧的菩提树从断墙的裂隙里伸出它饥渴的须根。

也曾有过旅者来洗涤他们乏倦双足的时日。

他们在院中把他们的席垫铺展在新月的微光里,坐下来谈论异地风情。

他们在清晨里容光焕发地醒来,那时鸟儿让他们欢畅,友爱的花朵从路边向他们颔首。

可是当我来到这里,却没有闪亮的灯火在等我。

被遗忘的重重夜灯留下深黑的烟垢从墙上盯着我,宛若盲者的眼。

萤火虫掠入干涸池塘边的灌木丛里,竹枝将暗影投映到荒草湮灭的小径上。

在一天的终了,我是无人邀请的孤客。

漫漫长夜横亘在眼前,而我感到困乏。

65

又是你的呼唤声吗?

夜已来临。疲倦紧绕着我犹如求爱的臂膀。

你在唤我吗?

我已把我所有的白昼都献给了你，冷酷的情人，难道你连我的夜晚也将掠夺？

万物都有终了，而黑暗的孤寂也是一个人的独有。

你的声音非要刺穿它来折磨我？

难道夜晚没有在你的门前奏响眠曲？

静静翱翔的星辰从未攀爬上你无情之塔的天宇？

你园中的花朵从未在温柔的凋谢中跌落尘埃？

你这不安分的，你定要唤我吗？

那么让爱悲愁的眼睛徒然哭泣凝望。

让灯盏在荒屋中燃亮。

让渡船把困乏的劳作者送还。

我丢下梦想奔向你的呼唤。

66

一个流浪的痴人在找寻点金石，褐色的虬发积满灰垢，躯壳瘦瘪犹如一丝幽影，他的双唇紧绷，像是他深锁的心扉，他灼热的眼眸像是在寻伴侣的萤火虫的灯。

在他面前汹涌的是无尽的大海。

滔滔的波浪不停地念叨着深藏的珍宝，取笑那些不明其意的愚人。

或许现在他已无望，但他不能停息，因为搜寻已成了他的生命——

就像海洋永远为着无法企及的向天空伸出手臂——

就像星辰往复旋转，追寻的却是永难达到的目标——

在荒凉的海滩上，蓬着满头尘垢的褐发，痴人游荡着寻找点金石。

一天，一个村童走上来问："告诉我，你从哪里弄到这腰上的金链？"

痴人受惊跳起——这曾是铁的链条现在确已成金；这不是梦幻，但他不知变化发生在何时。

他疯狂地敲打前额——哪里？噢，他已不清楚在哪里获得成功。

这已是一个习惯，拾起石子去碰链条，然后丢开石子，也不看是否变化。痴人就这样捡到又扔掉了那块点金石。

太阳正低沉入西方，天空一片金黄。

痴人循着自己的足印折回去，重新找寻丢失的珍宝。他气力耗尽，身体弯折，心儿委顿在尘土里，好像一株倒伏的朽树。

67

虽然黄昏缓缓降临，令一切笙歌停消；

虽然你的伙伴已去歇息，而你也困乏；

虽然黑暗中弥漫着恐怖，天空的脸也罩上重纱；

但是，鸟儿，噢，我的鸟儿，听我讲，不要收拢你的羽翼。

那不是森林里枝叶纵横的幽影，那是大海在澎湃，像一条暗黑的游蛇。

那不是盛开的茉莉在舞蹈，那是闪动的水沫。

啊，阳光灿烂的绿岸在何方，你的鸟巢在何方？

鸟儿，噢，我的鸟儿，听我讲，不要收拢你的羽翼。

寂寞的夜独横在你的路上,黎明在朦胧的小山后酣眠。
群星屏息细数流溢的时光,脆嫩的月儿于深浓的夜中漂游。
鸟儿,噢,我的鸟儿,听我讲,不要收拢你的羽翼。

这里没有你的希望和恐慌。
这里没有言辞,没有呢喃,没有呼号。
这里没有家园,没有憩息的床铺。
这里只有你的一双羽翼和无路的天空。
鸟儿,噢,我的鸟儿,听我讲,不要收拢你的羽翼。

68

没有人长生不老,兄弟,也没有事物万古长存。记住这个而满心欢喜吧。
我们的生命不是旧负,我们的道路不是漫漫苦旅。
一位独立的诗人不会去唱一支世代相传的歌谣。
花儿枯萎凋谢,但戴花儿的人用不着为之永远悲伤。
兄弟,记住这个而满心欢喜吧。

为了把完满编进音乐,必须有一段充分的止歇。
为了沉浸于辉煌的暮色,生命滑向它的日落。
爱必须从它的游乐中被唤出,去啜饮悲哀,去承载眼泪的极尽。
兄弟,记住这个而满心欢喜吧。

我们匆匆去采集花朵,害怕它们被过路的风掠劫。
追求稍纵即逝的热吻,让我们血脉沸腾,目光炯炯。

我们的生命热切，我们的欲望强烈，因为时光敲响了别离的钟声。

兄弟，记住这个而满心欢喜吧。

我们来不及把一件事物抓紧、榨干，再弃之于尘。

时光飞逝，把它们的梦藏在裙裾中。

人生苦短，它只生出几天爱的光景。

假若只为工作和劳役，生命就漫无尽头。

兄弟，记住这个而满心欢喜吧。

美对于我们是甜蜜的，因为她和着与我们生命同样快的曲调起舞。

知识对于我们是宝贵的，因为我们永远没有时间学完它。

一切都在永恒的天国被终结和完满。

但人世的幻想之花会被死亡保护得永久鲜妍。

兄弟，记住这个而满心欢喜吧。

69

我追猎那头金鹿。

你也许会笑，我的朋友，但我要追逐躲开我的幻象。

我奔跑过高山低谷，我穿越过无名大地，因为我追猎那头金鹿。

你来到集市采购然后满载而归，但我不知无家清风的魅力何时何地使我触动。

我的心中没有牵挂；我把一切都抛诸脑后。

我奔跑过高山低谷，我穿越过无名大地，因为我追猎那头金鹿。

70

我记得童年有一天,我把一只纸船放在水沟里漂流。

那是一个潮湿的七月天,我独自一人,快活地沉浸在游戏中。

我把一只纸船放在水沟里漂流。

蓦地狂风乍起,阴云密布,暴雨倾泻。

浑浊的水流奔涌翻卷,淹没了我的小船。

我心里难过地想,这风暴来的目的就是毁坏我的欢乐;它故意和我作对。

今日,七月的云天漫长难挨,我沉思着生活中桩桩失意之事。

我责怪命运对我的种种嘲弄,忽然间我记起那只沉入水沟的纸船。

71

白日尚未结束,集市尚未散尽,这集市就在河岸上。

我担心我的时间被耗费,也失去最后的钱财。

但是没有,我的兄弟,我还剩点东西。我的命运没有骗取我的所有。

买卖都已结束。

双方的税款都已抽过,是我回家的时候了。

但是,看门人,你要你的通行税?

别担心,我还剩点东西。我的命运没有骗取我的所有。

狂风的间歇预示着暴雨，西方低垂的铅云昭告着不妙。

静默的水面期待着风暴。

在黑夜赶上我之前，我匆匆渡河。

噢，艄公，你索要你的报酬！

是的，兄弟，我还剩点东西。我的命运没有骗取我的一切。

在路边的树下坐着一个乞丐。唉，他怀着胆怯的希望看着我的脸！

他以为我富有地带着一天的利润。

是的，兄弟，我还剩点东西。我的命运没有骗取我的一切。

夜色渐浓，小路荒寂。萤火在树叶间明灭。

你是谁，以诡秘无声的步履尾随我？

啊，我明白了，你想劫掠我的所有收获。我不会让你失望！

因为我还剩点东西，我的命运没有骗取我的一切。

午夜我回到家中。我的两手空空。

你带着焦急的双眼等候在我门前，清醒无言。

你像一只畏怯的鸟，带着热烈的爱飞进我的怀抱。

哎，哎，我的神，还剩下这么多呀。我的命运没有骗取我的一切。

72

用了多少天的辛苦，我建起一座神殿。它没有门窗，它的墙壁用巨岩重重垒起。

我忘了其他一切，我躲避大千世界，我全神贯注地凝视着被我安放在神坛上的偶像。

这里总是黑夜，燃着香油灯照亮。

无尽的烟雾将我的心绑缚在它厚重的缭绕里。

不休不眠，我在墙上用迷离的线条刻画出神异的形体——生翼的马，长着人面的花，四肢如蛇的妇人。

不留下一丝可以让鸟语、叶声或尘嚣透进神殿的缝隙。

只有一个声音在昏暗的穹顶回荡，那是我唤出的咒语。

我的心变得尖锐笃定，像犀利的光芒，我的感知在狂喜中迷乱。

我不知道时光如何流逝，直到雷暴劈开神殿，一道剧痛扎在心上。

灯焰看上去黯淡怯弱；墙上的石刻如封禁的梦，空洞地显现在光线里，好像要掩饰它们自己。

我注视着祭坛上的偶像。我看到在神的触动下，它微笑起来，并且有了生命。被我圈囿的黑夜展开它的羽翼翩然而逝。

73

无尽的财富不属于你，我坚韧黧黑的地母。

你辛劳地去填满你的孩子们的口，但食物太少。

你馈赠我们的欢乐从不完美。

你为你的孩子们做的玩具薄脆易碎。

你无法满足我们所有迫切的向往，难道我就能为此背离你？

你蒙上痛楚的微笑在我看来是那样甜。

你那永无止境的爱温暖我的心怀。

从你的乳中，你用生活而非永恒来哺育我们，这就是为何你的眼永远警醒。

多少世代你用色彩和歌声来造化众生，由此没有建起你的天堂，只有些微哀伤的痕迹。

在你美的造化上氤氲着迷离的泪水。

我会把颂歌注入你静默的心，把我的爱汇入你的爱中。

我会用劳作来礼拜你。

我已看到你那慈爱的面容，我爱你愁苦的埃尘，大地之母。

74

在世界的礼堂中，一片草叶与阳光和午夜的星辰坐在同样的毡毯上。

我的歌在世界的心房里与云彩和森林一起分享它们的席位。

但是，你们这些富人，你们的财宝无法融入欢快富丽的太阳的金光和沉静柔和的月亮的银辉。

从天空洒向人间万物的祝福没有覆落其上。

当死神降临时，它们就会黯淡、委顿、化归尘土。

75

午夜时，想做苦行僧的那个人宣告：

“是舍家寻神的时候了。啊，是谁让我在此迷恋这样许久？”

神低声说：“我。”但那人的耳已闭塞。

他的妻子怀抱着熟睡的婴儿，安宁地躺在床的另一边。

那人说：“你们是谁，把我愚弄这许久？”

这声音又说：“他们是神。”但他听不到。

婴儿在梦中哭叫起来,靠向他的母亲。

神命令道:“停下来,愚人,不要离开你的家园。”但他仍然未听到。

神叹息着抱怨:“为何我的仆人抛开我四处去寻觅我?”

76

集市摆在庙堂前。雨水从清晨就开始下,一天将尽。

比所有快活的众人更靓丽的,是一个女孩灿烂的笑,她用一分钱买到一个棕叶哨。

哨音那清亮的欢乐飘荡过一切笑声和尘嚣。

无尽的人流熙攘拥挤。道路泥泞,河水泛滥,田地淹没在不停歇的雨水里。

比所有忧虑的众人更沉痛的,是一个小男孩的烦恼——他没有一分钱去买一根彩棒。

他渴求的眸子凝望着那家店铺,使整个大人们的庙会变得这样悲怜。

77

从西面村庄来的工人和他的妻子正忙着为砖窑掘土。

他们的小女儿去到河边渡口,在那儿她不停地洗抹他们的锅碗。

她的小弟弟光着头,晒黑的赤身涂满泥浆,跟随着她,照她的嘱咐乖乖地待在高岸上。

她头上稳稳地顶着装满的水罐走回家,左手提着光亮的黄铜壶,右手牵着小弟弟——她是她妈妈的小仆役,庄重地负起这沉甸甸的家务。

一天我看见那肉娃娃伸腿而坐。

他姐姐坐在水里用一把泥土转来转去地磨洗水壶。

旁边一只毛茸茸的羔羊在岸上吃草。

它走到孩子边上突然咩咩高叫,孩子受到惊吓哭出来。

他姐姐丢开清洗的水壶跑上去。

她一只手臂环住弟弟,另一只环住小羔羊,把她的关爱平分两端,人的孩子和动物的孩子在爱里连成一体。

78

正是五月。酷热的中午似乎漫无止境。干渴的大地在热气中张开裂口。

河边的一声吆喝传到我耳边:“来,我亲爱的!”

我合上书卷推开窗户望出去。

我看到一头浑身泥泞的大水牛站在河旁,眼神透着宁静忍耐;一个年轻人站在齐膝深的水里唤它去洗澡。

我高兴地笑了,我的内心感到一阵甜蜜触抚。

79

我常感到奇怪,人和动物间没有可说的言语,他们心灵相知的链接又藏在哪里。

在一个创世的悠远早晨,穿过怎样的太初乐园的清浅小径,他们的心灵探访过彼此。

尽管他们的亲密关系早被遗忘,但他们不变的足印并没有消失。

忽然间在一些无语的乐声里朦胧的记忆被唤醒,动物会以信赖的温柔凝视着人的脸,而人会用欢愉的爱俯视它的眼。

看起来这像两个朋友戴着面具相遇,透过伪装他们隐约互认。

80

用你的一道眼波,你能把诗人竖琴上所有歌吟的珠玉掠空,美人!

但你没有听他们的颂歌,因此我来赞美你。

你能让这世上的最高傲的头颅拜倒在你脚下。

但你愿意尊崇的却是你所爱的默默无闻之人,因此我来尊崇你。

你完满的臂膀能使帝王的辉煌在它们的触抚下更加灿烂。

但你用它们扫去尘埃,清洁你卑微的家园,因此我满怀敬畏。

81

你为何在我耳畔这样低声细语,噢,死神,我的死神?

当花朵在傍晚凋落,牛儿回到棚圈,你悄悄来到我身旁,说着我不解的言语。

你就是这样向我求婚,要迎娶我——用催眠的咕哝和冰冷的亲吻,噢,死神,我的死神?

我俩的婚事不举行盛大的典礼?

不在你褐色的鬈发上戴上花环?

没有人在你前面打着你的旗帜,而这夜晚不会有你红色火炬的光芒,噢,死神,我的死神?

来吧，吹起你的螺号，来吧，在这无眠的夜晚。

为我着上绯红的外衣，抓起我的手带走我。

让你的车辇在我门口待命，伴着你骏马不耐烦的嘶鸣。

掀起我的面纱自豪地看顾我的容颜，噢，死神，我的死神。

82

今夜我们要做死亡的游戏，我的新娘和我。

暗夜漆黑，云在天上变幻翻滚，波涛在海中汹涌澎湃。

我们离开我们入梦的床榻，猛地拉开门走出去，我的新娘和我。

我们坐上秋千，风暴从后面狂野地推摇。

我的新娘又惧又喜地惊起，她颤抖地偎依在我胸怀。

我温柔地长久照料她。

我为她用繁花铺床，我掩上门把强光从她眼上隔开。

我轻吻她的唇，在她耳畔低声软语，直到她在慵倦中半入昏睡。

她迷失在朦胧无尽的甜美里。

她没有回应我的爱抚，我的歌声无法唤醒她。

今夜，风暴的呼唤从旷野上传来。

我的新娘哆嗦着站起，她握住我的手走出去。

她的头发在风中飞舞，她的面纱猎猎飘动，她的花环在胸前瑟瑟作响。

死神的摇动把她推入生的境界。

我们面对面、心连心，我的新娘和我。

83

她住在玉米田边的山坡上，旁边是畅流过老树浓荫的清泉。女人来这儿汲满她们的水罐，路人喜欢坐在这儿歇脚聊天。她日日和着泉水的叮咚劳作梦想。

一个黄昏，异乡人从云雾缭绕的山峰下来，他的头发像醉蛇般纠缠。我们好奇地问道："你是谁?"他不回答，只是坐在潺潺泉水边，静静地凝望她住的茅屋。我们的心在恐惧中乱颤，夜来时，我们归家。

第二天清早，女人们来到杉树旁的泉边汲水，她们发现她茅屋的小门洞开，但没有她的声息作响，她的笑颜在何方?

空罐儿立在地上，她的灯盏在屋角燃尽。没有人知道在这个早晨前她流落到何方——还有那个异乡人也已离开。

五月里，阳光渐强，雪山融化，我们坐在泉边哭泣。我们在心里嘀咕："她去的那地方有这样的泉水吗？在这些干热的日子里她在哪里汲满她的水罐?"我们在忧愁中彼此相问："在我们生活的群山之外还有一方土地吗?"

一个夏夜，柔风从南方吹来，我坐在她的荒屋中，那盏没有燃亮的灯还在那里。蓦地在我眼前，群山像拉开的幕帘一样消失。"啊，这是她来了。你好吗，我的孩子？你快乐吗？在这开阔的天宇下，你能在何处栖身？还有，啊，我们这里的泉水也不能为你解渴。"

"那里是同样的天空，"她说，"只是摆脱了群山的环抱，是同一股泉水流成大河，同一方土地延展成平原。""样样俱全，"我叹息着，"只是没有我们。"她忧伤地笑着说："你们在我心底。"我醒来，听见泉水叮咚，杉树在夜色中萧萧作声。

84

黄绿相间的稻田上，掠过被太阳急追的秋云的影。

蜜蜂忘了啜饮蜜汁，陶醉在阳光里面胡乱地飞舞嗡鸣。

鸭群在河中小岛上毫无理由地快活喧闹。

谁都不要回家吧，兄弟们，在这个清晨谁都不去劳作。

让我们在风暴前占有蓝天，让我们奔跑着争夺空间。

笑声在空气中荡漾，像是水流里的泡沫。

兄弟们，让我们在无用的歌声中挥霍我们的清晨。

85

你是谁啊，读者，在这百年之后阅读我的诗篇？

我不能从这春天的丰盈中为你送去一朵小花，从远方的云朵上为你送去一抹金霞。

打开你的门四下环望。

从你群花怒放的园中，采集百年前消逝的花朵的芬芳回忆吧。

在你心灵的喜悦里，也许你能感知春晨吟唱的勃勃欢愉，让它快乐的声音穿越百年时光而来。

经典译林

Yilin Classics

书名	单价	ISBN 号
艾青诗集	35.00 元	9787544773584
爱的教育	32.00 元	9787544768580
安娜·卡列尼娜	49.00 元	9787544740883
安徒生童话选集	42.00 元	9787544775731
傲慢与偏见	36.00 元	9787544774697
八十天环游地球	32.00 元	9787544775861
巴黎圣母院	42.00 元	9787544775748
白洋淀纪事	32.00 元	9787544772617
百万英镑	35.00 元	9787544777360
包法利夫人	38.00 元	9787544777353
悲惨世界(上、下)	98.00 元	9787544777346
背影	28.00 元	9787544777483
被侮辱与被损害的人	39.00 元	9787544777261
边城	25.00 元	9787544757416
变色龙：契诃夫中短篇小说集	39.00 元	9787544777421
变形记 城堡	38.00 元	9787544777292
茶馆	32.00 元	9787544773539
茶花女	35.00 元	9787544777384
查拉图斯特拉如是说	38.00 元	9787544759793
沉思录	22.00 元	9787544759649
城南旧事	23.00 元	9787544768801
大卫·科波菲尔(上、下)	65.00 元	9787544769068
地心游记	32.00 元	9787544775847
飞鸟集·新月集:泰戈尔诗选	39.00 元	9787544786096
飞向太空港	39.00 元	9787544781763
福尔摩斯探案集	58.00 元	9787544775373

复活	42.00元	9787544777308
傅雷家书	49.00元	9787544771627
富兰克林自传	36.00元	9787544750691
钢铁是怎样炼成的	39.00元	9787544774635
高老头	29.80元	9787544768856
格列佛游记	35.00元	9787544774642
格林童话全集	49.00元	9787544777285
给青年的十二封信	29.00元	9787544774321
古希腊悲剧喜剧集(上、下)	69.80元	9787544711708
海底两万里	38.00元	9787544775717
红楼梦	55.00元	9787544774604
红与黑	49.00元	9787544777315
呼兰河传	35.00元	9787544783620
呼啸山庄	39.00元	9787544775779
基督山伯爵(上、下)	108.00元	9787544777490
纪伯伦散文诗经典	42.00元	9787544777438
寂静的春天	35.00元	9787544773430
假如给我三天光明	25.00元	9787544768511
简·爱	39.00元	9787544774666
金银岛	35.00元	9787544780100
荆棘鸟	45.00元	9787544768818
静静的顿河	128.00元	9787544777513
镜花缘	39.00元	9787544771603
局外人·鼠疫	38.00元	9787544781756
菊与刀	35.00元	9787544750707
宽容	32.00元	9787544760492
昆虫记	39.00元	9787544775830
老人与海	32.00元	9787544774789
理想国	45.00元	9787544785204
聊斋志异	55.00元	9787544779791
猎人笔记	38.00元	9787544775809
林肯传	28.00元	9787544759960

鲁滨逊漂流记	39.00 元	9787544783392
绿山墙的安妮	36.00 元	9787544775755
罗马神话	16.80 元	9787544711722
罗生门	39.00 元	9787544777193
骆驼祥子	32.00 元	9787544775724
麦田里的守望者	38.00 元	9787544775106
美丽新世界	35.00 元	9787544777254
名人传	39.00 元	9787544774673
拿破仑传	38.00 元	9787544759809
呐喊	23.00 元	9787544768528
牛虻	38.00 元	9787544777339
欧·亨利短篇小说选	36.00 元	9787544775823
欧也妮·葛朗台	32.00 元	9787544775854
彷徨	32.00 元	9787544786041
培根随笔全集	28.00 元	9787544768788
飘(上、下)	88.00 元	9787544777407
热爱生命·海狼	38.00 元	9787544777469
人类群星闪耀时	29.80 元	9787544766906
人性的弱点	28.00 元	9787544759977
儒林外史	42.00 元	9787544781084
三个火枪手	59.00 元	9787544777278
三国演义	45.00 元	9787544774598
沙乡年鉴	42.00 元	9787544775441
莎士比亚喜剧悲剧集	49.00 元	9787544777322
少年维特的烦恼	18.00 元	9787544762502
神秘岛	48.00 元	9787544772884
神曲(共三册)	128.00 元	9787544777414
圣经故事	35.00 元	9787544768825
十日谈	38.00 元	9787544714280
双城记	45.00 元	9787544781879
水浒传	55.00 元	9787544774581
苔丝	39.00 元	9787544777179

谈美	26.00 元	9787544772013
谈美书简	28.00 元	9787544772006
汤姆叔叔的小屋	45.00 元	9787544775793
汤姆·索亚历险记	32.00 元	9787544774659
唐诗三百首	39.00 元	9787544781916
堂吉诃德	62.00 元	9787544714877
天方夜谭	42.00 元	9787544775816
童年	38.00 元	9787544762168
童年·在人间·我的大学	49.00 元	9787544775786
瓦尔登湖	28.00 元	9787544768764
我是猫	39.00 元	9787544777186
物种起源	42.00 元	9787544765022
雾都孤儿	35.00 元	9787544768696
西游记	48.00 元	9787544774611
希腊古典神话	49.00 元	9787544777391
乡土中国	29.00 元	9787544781886
小妇人	45.00 元	9787544766784
小王子	29.00 元	9787544774628
星星离我们有多远	35.00 元	9787544782043
羊脂球	38.00 元	9787544775878
一九八四	36.00 元	9787544777216
伊索寓言全集	35.00 元	9787544775762
尤利西斯	58.00 元	9787544712736
约翰·克利斯朵夫（上、下）	98.00 元	9787544777476
月亮和六便士	45.00 元	9787544773805
战争与和平（上、下）	108.00 元	9787544777445
朝花夕拾	22.00 元	9787544768535
中国哲学简史	48.00 元	9787544771580
子夜	49.00 元	9787544784221
最后一课	36.00 元	9787544777377